THE WEIRD AND THE EERIE

기이한 것과 으스스한 것
THE WEIRD AND THE EERIE

마크 피셔 지음 | 안현주 옮김

contents

2부 으스스한 것 THE EERIE

변함없이 나를 지지해 주는 원천이자
여기 아무것도 없는 것이 아니라
무언가 있는 이유가 되어 주는 조에에게

일러두기

본문의 각주는 옮긴이 주입니다.

서문

기이한 것과 으스스한 것 (운하임리히 저 너머)

내가 기이한 것과 으스스한 것에 실제로 생각이 미치는 데 이토록 오랜 시간이 걸렸다니 이상한 일이다. 이 책의 직접적인 발단이 된 사건들은 비교적 최근에 일어났지만, 나는 내가 기억하는 한 아주 오랫동안 기이한 것과 으스스한 것의 사례들에 매료되어 사로잡혀 있었기 때문이다. 다만, 그 두 가지 유형을 분명히 구별하지는 못했고, 더구나 그들을 정의하는 요소들을 특정하지도 못했다. 의심할 바없이, 이는 기이한 것과 으스스한 것의 주요한 문화적 사례들이 호러와 SF 같은 주변적 장르에서 발견되며, 이런 장르적 유대 탓에 기이한 것과 으스스한 것 특유의 무엇이 흐려졌기 때문이다.

내가 기이한 것에 주목하게 된 것은 십 년쯤 전, 런던의 골드스미스 대학에서 열린 H. P. 러브크래프트 작품에 대한 두 번의 학술 토론회에 참여하고 나서였다. 으스스한 것은 내가 저스틴 바턴과 공동 작업한 2013년의 오디오 에세이 '사라져 가는 땅에서On Vanishing Land'의 주요 소재가 되었다. 어울리게도, <u>으스스한</u> 것은 저스틴과 내게 은밀히 다가왔다. 다시 말하자면 원래 우리가 주목한 바는 으스스한 것이 아니었지만 프로젝트가 끝나갈 무렵, 우리는 우리 주위를 늘 맴돌던 음악, 영화, 소설 들 중 상당수가 으스스한 것의 특성을 지니고 있음을 깨달았다.

기이한 것과 <u>으스스한</u> 것의 공통점은 낯선 무엇에 대한 집착이다. 무서운 것이 아니라 낯선 것 말이다. 기이한 것과 <u>으스스한</u> 것의 매력은 '우리를 두렵게 하는 것을 즐긴다'는 개념으로는 획득할 수 없다. 그보다 그 매력은 통상적 개념이나 인식, 경험을 뛰어넘어 존재하는 무엇, 외부 세계에 대한 매혹과 관계가 있다. 이러한 매혹은 대게 어떤 불안이나 어쩌면 두려움까지 아우르지만, 기이한 것과 <u>으스스한</u> 것이 반드시 무서운 것이라고 할 수는 없다. 나는 여기서 외부 세계가 늘 친절하다고 주장하는 것이 아니다. 외부 세계에서도 공포는 차고 넘치게 발견할 수 있다. 다만 그러한 공포는 외부 세계에만 존재하지는 않는다.

아마도 내가 기이한 것과 <u>으스스한</u> 것에 더디게 다다른 이유는 프로이트의 운하임리히라는 개념이 거는 주문과 관련되었을 것이다. 널리 알려졌듯이, 운하임리히는 부적절하게도 '언캐니uncanny•'라 영역되었다. 사실, 프로이트가 그 용어로 뜻하는 바를 더 잘 포착하는 단어는 '언홈리 unhomely*'이다. 운하임리히는 흔히 기이한 것이나 으스스한 것과 동일시된다. 프로이트 본인도 에세이에서 그 용어들을 상호 교환할 수 있는 것으로 취급한다. 하지만 프로이트의 뛰어난 에세이가 미치는 파급력이 워낙 큰 탓에 운하임리히는 외려 다른 두 유형을 가려 버렸다.

　　운하임리히에 대한 에세이는 공포와 SF 연구에 지대한 영향을 미쳤다. 이는 아마도 프로이트가 제시한 실제 정의 때문이라기보다 프로이트의 우유부단함, 억측, 거부된 논제들이 낳은 결과일 것이다. 프로이트가 제시하는 운하임리히의 사례들—생령, 인간처럼 보이는 기계적 독립체, 의체 등—은 어떤 불안을 야기한다. 하지만 프로이트가 운하임리히라는 수수께끼에 궁극적으로 내놓는 답—종국에는 거세 불안으로 집약될 수 있다는 프로이트의 주장—은 시원찮은 탐정 소설의 틀에 박힌 해결책마냥 실망스럽기 짝이 없다. 그래도 여전히 매혹적인 부분이 있으니, 프로이트의 에세이에서 반복되는 개념들과 그것들이 종종 해당 개념이 지시하는 바로 그 과정을 재귀적으로 설명하는 방식이다. 반복과 증폭—서로를 배가시키고 되풀이하는 이상한 한 쌍—은 프로이트가 밝히는 모든 '언캐니'

현상의 중심에 있는 듯 보인다.

기이한 것과 으스스한 것, 그리고 운하임리히는 분명 무언가를 공유하고 있다. 그들은 모두 정서이면서 또한 형태이다. 영화와 소설이라는 형태이자 인식의 형태이자, 궁극적으로는 존재의 형태라고까지 말할 수 있을지도 모른다. 그렇다 해도 그들이 장르는 아니다.

아마도 운하임리히를 기이한 것과 으스스한 것과 구별하는 가장 중요한 차이점은 낯선 것을 대하는 방식일 것이다. 프로이트의 운하임리히는 낯익은 것 내부의 낯선 것, 이상하게 친숙한 것, 낯설게 느껴지는 친숙한 것—즉, 내부 세계가 그 자체와 일치하지 않는 것을 일컫는다. 프로이트의 정신분석학에서 발생하는 모든 모순은 바로 이 개념으로 집약된다. 그것은 낯익은 것—가족적인 것을 낯설게 하는 것인가? 아니면 낯선 것을 낯익은 것, 가족적인 것으로 전환하는 것인가? 여기서 우리는 프로이트 정신분석에 내재하는 이중적 움직임을 제대로 인식할 수 있다. 우선, 프로이트의 정신분석에는 가족에 대한 일반적 관념들이 상당수 해체되어 있다. 하지만 이런 해체에는 보상적인 움직임이 수반되는데, 그에 따라 모더니스트의 가족 드라마 측면에서 외부 세계가 뚜렷해진다. 정신분석은 그 자체로 운하임리히 장르이다. 주변을 맴돌기만 할 뿐 결코 완전히 이해하거나 단정 지을 수는 없는 외부 세계에 끝없이 시달린다. 많은 연구자들이 운하임리히에 대한 에세이는 그 자체로 이야기를 닮았다는 점을 알아냈다. 프로이트 자신이 헨리 제임스 소설 특유의, 신뢰할 수 없는 화자 역할을 맡고 있는 것이다. 프로이트가 신뢰할 수 없는 화자라면, 우리가 왜 그의 이야기를 그가 제시하는 유형대로 분류해야 하는가? 그보다는, 프로이트가 쓴 에세이라는 드라마는 그 자신이 탐구하는 현상을 운하임리히 내에 포함시키려는 시도였다고 보면 어떨까?

기이한 것과 으스스한 것을 운하임리히로 욱여넣는 것은 외부 세계에서 안전하게 후퇴하려는 증상이다. 운하임리히에 대한 광범위한 선호는 특정 부류의 비평에 대한 강박과 상응하는데, 이런 비평은 언제나 외부 세계를 내부 세계에 생긴 틈이나 교착 상태로 처리하면서 기능한다. 기이한 것과 으스스한 것은 정반대의 움직임을 취한다. 그것들은 우리가 외부 세계를 지각함으로써 내부 세계를 인지하게 한다. 차차 알게 되겠지만, 기이한 것은 어울리지 않는 무엇이다. 기이한 것은 친숙한 것을 통상 그 너머에 놓여 있는, 그리고 '홈리'한 것과 양립할 수 없는 무언가로(심지어 정반대의 무언가로) 이끈다. 기이한 것에 가장 적합한 형태는 아마도 몽타주—서로 어울리지 않는 둘 이상의 것들을 결합하는 기법—일 것이다. 이런 이유로 초현실주의 내에서 무의식을 선호하는 것이다. 초현실주의는 무의식을 몽타주 기계, 기이한 병치들의 원천으로 여기기 때문이다. 이는 또한, 자크 라캉이—초현실주의와 미학적 모더니즘의 잔재에 의해 제기된 도전에 맞서— 기이한 정신분석으로 나아갈 수 있었던 이유이기도 하다. 그 안에서 죽음 충동, 꿈, 무의식은 그 어떤 자연법칙이나 안정감과도 동떨어져 있다.

　얼핏 보면, 으스스한 것은 기이한 것보다 운하임리히에 근접한 듯 보인다. 그러나 기이한 것과 마찬가지로 으스스한 것 역시 근본적으로 외부 세계와 연관되어 있으며, 여기서 우리는 직접적인 경험만큼이나 추상적이며 선험적인 감각을 통해 외부 세계를 이해할 수 있다. 으스스한 감각이 울타리가 있고 누군가가 거주하는 가정적인 공간과 결부되는 일은 드물다. 으스스한 것은 사람의 흔적이 부분적으로 사라진 풍경에서 보다 쉽게 발견된다. 어떤 일이 벌어졌기에 이렇게 파괴되었을까, 이렇게 사라졌을까? 어떤 존재가 관련되었을까? 무엇이 이토록 으스스한

• 1922~2006, 영국 드라마, 시나리오 작가.
•• 1934~, 판타지 동화와 영국 민간 설화 다시 쓰기로 유명한 영국 작가.

15

비명을 내질렀을까? 이런 예시들에서 볼 수 있듯이, 으스스한 것은 근본적으로 어떤 힘이 작용하는지에 대한 문제와 결부된다. 어떤 주체가 기능하는가? 주체가 있기는 한가? 이런 질문들은 정신분석적인 영역—만일 우리가 우리 자신이 생각하는 누군가가 아니라면, 우리는 무엇인가—에 적용될 수도 있지만 또한 자본주의 사회를 지배하는 힘에도 적용된다. 자본이란 모든 면에서 으스스한 존재이다. 무(無)에서 튀어나왔음에도 어떤 물리적 실체보다 더 강력한 영향력을 미친다.

자본이 일으키는 형이상학적 사건들은 우리를 비물질과 무생물의 힘에 관한 보다 광범위한 질문으로 이끈다. 나이절 닐*과 앨런 가너** 같은 작가들이 던지는 무기물과 풍광의 힘에 대한 질문이라든가, '우리', '우리 자신'이 비인간적인 힘의 리듬, 분출에 사로잡히는 방식과 같은 질문들로. 내부 세계란 외부 세계를 포개었을 때 접히는 부분에 불과하다. 거울은 깨지고, 나는 타자이며, 늘 타자였다. 여기서 느끼는 전율은 으스스한 것에 대한 전율이지 운하임리히가 아니다.

으스스한 것이 운하임리히를 대체하는 탁월한 예는 D. M. 토머스의 소설 『화이트 호텔The White Hotel』이다. 소설은 일단, 프로이트의 허구의 환자 '안나 G'에 대한 가상의 사례 연구에 대한 내용인 것 같다. 소설을 시작하는 안나 G의 시는 얼핏 보면 토머스의 작중 프로이트가 자신이 쓰는 '환자 이력'에서 제시하듯 에로틱한 히스테리로 가득 찬 것 같다. 프로이트의 연구는 안나 G가 쓴 시의 몽상적인 분위기를 와해하는 한편, 현재에서 과거로, 외부 세계에서 내부 세계로 해석의 방향을 세운다. 그러나 그 외견상의 에로티시즘은 사실 시에서 가장 강렬하게 드러나는 지시 대상을 혼동하고 왜곡했던 것으로, 그 대상은 안나 G의 과거가 아니라 그녀의 미래—1941년 바비야르에서 벌어진 유태인 대학살에서의 죽음—에서 발견되는 것으로 밝혀진다. 여기서 예지와 운명이라는 문제는 우리를 불안감을 주는 형태의 으스스한 것으로 인도한다. 다만, 운명은 으스스한 것뿐 아니라 기이한 것에도 속한다고 말할 수 있을지 모르겠다. 『맥베스』에 나오는 예언하는 마녀들은 결국 '기이한 자매들'로 알려지는데, '기이하다'의 옛 의미 중 하나는 '운명'이다. 운명이라는 개념은 일반적인 인식과는 다른, 시간과 인과의 뒤틀린 형태를 암시한다는 점에서 기이하다. 하지만 힘에 대한 질문, 즉 누가 혹은 무엇이 운명을 엮어내는 존재인가라는 질문을 야기한다는 점에서 으스스하기도 하다.

으스스한 것은 인간이 던질 수 있는 가장 근원적이며 형이상학적인 질문들, 존재와 비존재에 대한 질문들과 관계가 있다. 아무것도 없어야 하는 때에 여기 어째서 무언가 있는가? 무언가 있어야 하는 때에 어째서 여기 아무것도 없는가? 죽은 자의 아무것도 보지 않는 눈, 기억상실증 환자의 당혹스러운 눈—이런 것들은 버려진 마을 혹은 환상열석이 그러하듯 으스스한 감각을 불러일으킨다.

지금까지는, 기이한 것과 으스스한 것이 원초적으로 고통이나 공포를 불러일으키는 것과 관계가 있다는 인상이 우리에게 여전히 남아 있다. 그러니 기이한 것과 으스스한 것에서 전혀 다른 종류의 정서를 불러일으키는 사례를 들어 보는 것으로 서문을 마치도록 하자. 모더니스트와 실험적인 작업은 처음 접하면 흔히 기이하게 느껴진다. 기이한 것과 결부된 무언가 잘못되었다는 감각—이건 어울리지 않는다는 확신—은 종종 우리가 새로운 무엇을 마주했다는 신호이다. 이때 기이한 것은 우리가 기존에 차용하고 있던 개념과 생각의 구조가 이제 더 이상 쓸모가 없어졌다는 신호인 것이다. 여기서 낯선 무엇과의 이러한 조우는, 직접적으로 유쾌하지 않았다고 해서(즐거움이란 늘

만족이라는 선형 단계와 관계가 있다) 단순히 불쾌하다고 할 수
도 없다. 친숙하고 관습적인 무엇이 더 이상 통하지 않게
되는 것을 보는 데는 어떤 즐거움이 있다. 재미와 고통이
뒤섞여, 라캉이 주이상스*라고 부르는 무엇과 어떤 공통
점을 품고 있는 즐거움이 존재한다.

　으스스한 것은 또한 우리를 현재의 가치들에서 해방시
킨다. 하지만 으스스한 것에서 이런 해방은 보통 기이한
것의 전형적 특징인 충격이라는 요소를 동반하지 않는다.
으스스한 것과 흔히 결부되는 고요함—으스스할 정도로
고요하다는 문구를 생각해 보라—은 일상의 긴박함과는
거리를 둔다. 으스스한 것의 관점은, 우리가 일상적인 현
실을 넘어선 공간에 접근할 수 있게 하며, 또한 일상적인
현실을 지배하지만 대개는 이해하기 어려운 힘에도 접근
하게 해 준다.

　기이한 것이 지닌 특성을 어느 정도 설명해 주는 것이
바로 이 일상으로부터의 해방, 일반적인 현실이라는 한계
에서의 탈출이다.

.

기이한 것 THE WEIRD

공간, 그리고 시간에서 온 것: 리브크래프트와 기이한 것

◇

기이한 것이란 무엇인가? 무언가를 기이하다고 할 때 우리는 어떤 감정을 의미할까? 나는 기이한 것이란 특정한 형태의 동요라고 말하고 싶다. 여기엔 무언가 잘못되었다는 감각이 포함된다. 기이한 존재 혹은 대상은 너무나 이상해서 존재하지 않아야 한다고, 혹은 적어도 여기에 존재해서는 안 된다고 느끼게 한다. 그럼에도 그런 존재 혹은 사물이 여기에 있다면, 그때는 우리가 세상을 이해하기 위해 지금껏 차용해 왔던 범주들이 더 이상 유효하지 않게 된다. 결국, 기이한 것은 잘못된 것이 아니며 우리의 이해가 불충분했을 뿐이다.

사전적인 정의들이 기이한 것을 정의하는 데 늘 도움이 되지는 않는다. 어떤 정의는 곧장 초자연적인 것을 언급하지만 초자연적인 것들이 반드시 기이한지는 분명하지 않다. 어느 모로 보나 블랙홀과 같은 자연 현상이 뱀파이어보다 훨씬 더 기이하다. 더욱이 소설에 이르면 뱀파이어나 늑대인간 같은 창조물들은 워낙 널리 알려진 탓에 어떤 기이한 감각도 불러일으키지 못한다. 그들을 해석하고 설명하는 기존의 전설이나 규범까지 마련되어 있다. 그게 아니더라도 이 창조물들은 그저 경험상 기괴할 뿐이다. 그들의 외모는 우리가 이미 잘 알고 있는 자연계의 요소들을 재결합한 것에 불과하다. 동시에 그들이 초자연적인 존재라는 바로 그 사실이, 그들이 지닌 그 모든 이상함은 자연법칙을 뛰어넘었기 때문이라는 점을 설명해 주고 있다. 이런 점을 블랙홀에 비교해 보라. 블랙홀 안에서 공간과 시간이 왜곡되는 그 기묘한 방식은 우리의 보편적인 경험을 완전히 뛰어넘는데, 그럼에도 블랙홀은 자연 물질계의 우주—그러므로 우리가 일상적인 경험으로 이해할 수 있는 범위보다 훨씬 더 낯선 것이 틀림없는 우주—에 속한다.

H. P. 러브크래프트의 기이한 소설에 영감을 준 것은 다음과 같은 통찰이다. "지금부터 내 모든 이야기는 보편적인 인간의 규칙과 관심사와 감정들은 이 광대한 우주에서 전혀 유효하지도 중요하지 않다는 근원적인 전제를 바탕으로 합니다." 러브크래프트는 1927년, 잡지 〈기묘한 이야기들Weird Tales〉의 편집자에게 이렇게 썼다. "시간이든 공간이든 차원이든, 진정한 외부성의 본질에 다다르기 위해서

는 유기적인 삶, 선과 악, 사랑과 증오 같은, 인간이라 불리는 하찮고 덧없는 종족이 가진 그 모든 편협한 속성이 존재한다는 사실을 완전히 잊어야 합니다." 이 '진정한 외부성'이야말로 기이한 것의 결정적인 특성이다.

기이한 소설을 논하자면 러브크래프트로 시작하지 않을 수 없다. 펄프 잡지들에 실린 이야기들에서 러브크래프트는 판타지와 공포 소설 둘 다와 구별되는 공식을 발전시키면서 기이한 이야기를 실질적으로 고안해 냈다. 러브크래프트의 이야기들은 외부 세계에 대한 질문에 집요하게 집착한다. 오랜 과거에서 솟아난 기묘한 존재들과의 조우, 변형된 의식 상태, 시간 구조의 기괴한 뒤틀림을 관통하는 외부 세계에 대한 질문에. 외부 세계와의 조우는 흔히 파멸과 정신 이상으로 귀결되고 만다. 러브크래프트의 이야기들은 종종 과거를 되짚어 가는 방식을 통해 내부 세계가 기만적인 외피, 허위임이 밝혀지면서 외부 세계와 비극적인 통합을 이루는 내용을 담고 있다. 「인스머스의 그림자」를 보라. 이 책에서는, 주인공 자신이 디프원Deep one, 즉 수생 외계 종족이었음이 밝혀진다. 나는 그것이다. 아니 더 정확히 말하자면, 나는 곧 그들이다.

공포 소설가로 분류될 때가 많지만, 사실 러브크래프트

의 작품이 공포감을 불러일으키는 경우는 드물다. 러브크래프트는 「기담에 대한 소고Notes on Writing Weird Fiction」라는 짧은 에세이에서 자신의 창작 동기를 밝힐 때 공포를 직접 언급하지 않는다. 대신 그는 '경이로움, 아름다움, 흥미진진한 기대감에 대한 모호한, 규정하기 어려운, 단편적인 인상들'이라고 쓰고 있다. 러브크래프트가 계속해서 말하길, 공포감이 강조되는 것은 이야기가 미지의 대상과 조우한 결과이다.

따라서 러브크래프트가 기이한 것을 연출하는 데 있어 핵심적인 것은 공포가 아니라 매혹이다. 매혹이란 일반적으로 어떤 공포와 뒤섞인다. 다만, 이 역시 기이한 것이라는 개념이 핵심이라 말하고 싶다. 기이한 것은 단순히 혐오스러울 뿐 아니라 우리의 관심을 끌기도 한다. 그러므로 매혹적인 요소가 이야기에서 완전히 배제된다면, 이야기가 그저 무서울 뿐이라면, 그 이야기는 더 이상 기이하다 볼 수 없다. 매혹은 러브크래프트의 캐릭터와 독자가 공유하는 요소이다. 공포나 두려움은 같은 방식으로 공유되지 않는다. 러브크래프트의 캐릭터들은 종종 두려움에 떨지만, 독자는 그렇지 않다.

러브크래프트에서 매혹은 라캉식 주이상스, 즉 쾌락과

고통의 불가분성이 수반되는 즐거움이다. 러브크래프트의 텍스트에는 주이상스가 상당히 풍성하다. '풍성한', '가득한', '충만한' 등은 러브크래프트가 종종 사용하는 단어들이지만, 이들은 또한 주이상스라는 '외설적인 젤리'에도 동일하게 적용될 수 있다. 나는 여기서 러브크래프트에게 부정적인 성향이 없다는 터무니없는 주장을 하려는 것이 아니다—증오감과 혐오감이 드러나 있으므로. 다만, 부정적인 성향이 결정적인 역할을 하지는 않는다는 것이다. '공공연하게' 부정적인 대상에 과도하게 집착하는 것은 언제나 주이상스가 작용함을 암시한다. 이 상태의 쾌락은 어느 모로 보나 부정적인 성향을 '보상'하는 것이 아니라 이상화한다. 다시 말해서 주이상스는 불쾌감을 유발하는 평범한 대상을 무서우면서도 매력적인 무엇으로 변모시키며, 이렇게 변모된 대상은 더 이상 본능적으로 긍정적인지 부정적인지를 가를 수 없게 된다. 그것은 압도적이며 제어할 수 없지만 매혹적이다.

러브크래프트의 소설에서 파국의 엔진은 결국 매혹이다. 그의 소설 속 캐릭터들을 우리, 즉 독자들이 언제나 예견하는 파경, 붕괴, 혹은 타락으로 이끄는 매혹 말이다. 독자로서는 러브크래프트의 이야기를 한두 개만 읽으면, 다른 이야기들에서 역시 무엇을 보게 될지 완벽하게 알 수 있다. 사실 러브크래프트를 처음 접한다한들 이야기 전개에 진정으로 놀라지는 않을 것 같다. 따라서 긴장감—공포감도 마찬가지인데—이 러브크래프트 소설을 특징짓는 요소는 아니라고 볼 수 있다.

이는 러브크래프트의 작품이 츠베탕 토도로프°가 정립한 판타지의 규정에 들어맞지 않음을 의미한다. 토도로프가 내린 정의에 따르면, 환상 문학은 이상한 것(궁극적으로는 자연적인 방식으로 해결되는 이야기)과 신기한 것(초자연적으로 해결되는 것) 사이에 발생하는 긴장감으로 구성된다. 비록 러브크래프트의 이야기들에는 그가 「기담에 대한 소고」에서 밝힌 바대로 '영원히 우리를 가둬 두며, 우리의 통찰이나 분석을 넘어서는 무한한 우주적 공간에 대한 호기심을 좌절시키는, 시간과 공간, 자연 법칙이라는 짜증나는 제약을 이상한 방식으로 보류하거나 위반하는 환상'이라 정의한 것이 포함되기는 하지만, 초자연적인 존재들이 관련되었다는 암시는 전혀 없다. 러브크래프트는 이질적인 개체를 신으로 탈바꿈시키려는 인간의 시도들을 신인동형론의 헛된 시도로 간주한다. 그런 시도들은 인간의 이해, 관점, 개념으로는 고작 겉핥기일 뿐인 우주의 '진정한

'외부성'에 의미와 감각을 부여하려는, 고귀할지 모르나 궁극적으로는 터무니없는 시도인 것이다.

모리스 레비*는 그의 저서『러브크래프트, 환상 문학에 대한 연구Lovecraft: A Study in the Fantastic』에서 러브크래프트를 고딕 소설, 포, 호손, 비어스를 아우르는 '환상 문학 계열'로 분류했다. 하지만 러브크래프트가 그의 소설에서 기묘한 존재들의 물질성을 강조한 것은 그가 고딕 소설가나 포와는 매우 다름을 의미한다. 비록 우리가 통상 자연주의라 부를 수 있는 무엇—상식과 유클리드 기하학이 통하는 일반적이고 실증적인 세계—이 각 이야기의 결말마다 와해된다 할지라도, 이는 초자연주의—물질적인 우주가 보유한 바를 확장한 측면으로 대체된다.

러브크래프트의 물질주의는 내가 그의 소설—또한 전반적인 기이한 것들— 이 판타지나 환상 문학과 구별되어야 한다고 믿는 한 가지 이유이다(러브크래프트 본인은 「기담에 대한 소고」에서 기이한 것과 환상적인 것을 기꺼이 동일시한 바 있다는 점은 언급해 둔다). 환상 문학이란 상당히 넓은 범주로, SF와 공포 소설 대다수를 포괄한다. 따라서 환상 문학이 러브크래프트의 작품을 다루기에 부족하다기보다는, 그의 작풍에 나타나는 독특함을 정의하지 못한다고 해야겠다. 그러나 판타지는 보다 고유하고 총체적인 특성을 명확하게 보여 준다. 러브크래프트의 초기작에 영감을 준 로드 던세이니와 톨킨은 대표적인 판타지 작가로, 이들과 비교해 보면 기이한 것과의 차이를 알 수 있을 것이다. 판타지는 우리 세계와 전혀 다른 세계를 배경으로 한다. 던세이니의 페가나나 톨킨의 중간계처럼. 보다 정확히 말하자면, 이런 세계들은 지역적으로나 시간적으로 우리 세계와 거리가 멀다(존재론적이나 정치적으로는 우리 세계와 지나치게 유사한 판타지 세계들이 너무 많지만). 이와 대조적으로, 기이한 것은 이 세계와 다른 세계 사이의 출구를 여는 방식이 두드러진다. 물론, C. S.루이스의 『나니아 연대기』나 바움의 『오즈』, 스티븐 도널드슨의 『토머스 커버넌트 연대기 Thomas Covenant trilogy』처럼 이 세계와 저 세계 사이에 출구가 존재하는 이야기며 시리즈물들은 많이 있지만, 이 이야기들에서는 기이한 것의 자극이 눈에 띄지 않는다. 이러한 소설에서는 '이 세계' 부분이 대부분 일반적인 판타지 이야기의 프롤로그나 에필로그로 기능하기 때문이다. 이 세계의 캐릭터가 다른 세계로 들어서지만, 그 다른 세계는 이 세계로 돌아오는 캐릭터의 마음에 영향을 미칠 뿐, 이 세계 자체에는 아무 영향을 미치지 않는다. 러브크래프트 소설에는 이 세계와 다른 세계 사이에 상호 작용이, 어떤 교환이, 대립과 갈등이 존재한다.

이는 러브크래프트가 그의 대다수 소설에서 뉴잉글랜드를 배경으로 한 사실이 얼마나 중요한지 설명해 준다. 러브크래프트의 뉴잉글랜드는, 모리스 레비가 언급하기를, "현실—물리적, 지형적, 역사적—이 역설되어야만 하는 세계"이며 "잘 알려진 대로, 진정한 환상 문학이 존재할 수 있는 장소는 불가능한 것이 시간과 공간을 뚫고 객관적으로 친숙한 현장에 난입할 수 있는 곳"이다. 그런 의미에서 나는 이렇게 제안하겠다. 던세이니의 방식대로 세계를 고안하는 경향에서 탈피하면서 러브크래프트는 판타지 작가이기를 그만두고 기이한 것을 쓰는 작가가 되었다고. 기이한 것의 첫 번째 특징은, 적어도 러브크래프트의 작품에서는—레비의 표현을 빌자면—불가능한 것이 아니라 외부 세계가 '시공간을 뚫고 객관적으로 친숙한 현장에 난입할 수 있는' 소설이라는 것이다. 어쩌면 세상은 기이해지지 않으면서도 장소나, 우리를 지배하는 물리적 법칙까지 완전히 낯설어질 수 있을지 모른다. (그렇다면) 기이한 것을 결정짓는 요소는 외부 세계의 무엇이 이 세계에 침입했는지 여부이다.

여기서 우리는 어째서 기이한 것에 사실주의와의 특정한 관계가 수반되는지 알 수 있다. 러브크래프트 본인은 종종 사실주의를 경멸하는 듯이 썼다. 하지만 러브크래프트가 사실주의를 완전히 거부했다면 그는 던세이니와 드라 메어가 창조한 판타지 왕국에서 결코 벗어나지 못했을 것이다. 러브크래프트는 사실주의를 수용했다. 혹은 사실주의를 일부에 국한시켜 적용했다고 말하는 편이 보다 정확하겠다. 1927년에 〈기묘한 이야기들〉의 편집자에게 쓴 편지에서, 그는 이를 분명히 했다.

> 오직 인간적인 풍경과 캐릭터만이 인간적인 특성을 갖추어야 합니다. 이런 것들은 풍부한 사실주의로 다루어야만 하죠(싸구려 낭만주의가 아니라 말입니다). 하지만 우리가 무한하고 무시무시한 미지의 것—어둠이 드리워진 외부 세계로 넘어설 때면, 우리의 인간성과 지상적인 것들은 문턱에 남겨 둬야 한다는 것을 기억해야 합니다.

러브크래프트의 이야기의 힘은 지상적 경험과 외부 세계의 차이에서 나온다. 이는 그의 이야기들이 대부분 일인칭 화법으로 쓰인 이유이기도 하다. 외부 세계의 것이

●국내 출간된 러브크래프트 전집에서는 「우주에서 온 색채」라고 번역했지만 이 책에서는 저자의 논조를 따라가기 위해 저자가 언급한 두 제목의 out of를 동일하게 '의'로 번역함.

서서히 인간적인 주체를 잠식하면, 그 이질적인 윤곽이 더 두드러질 수 있다. 반면에, 인간 세계를 전혀 언급하지 않은 채 '무한하고 무시무시한 미지의 것'을 포착하려고 하면 따분해질 우려가 있다. 러브크래프트는 거대한 건축물을 그리는 화가가 규모에 대한 감각을 제공하기 위해 그 앞에 평범한 인간을 그려 넣는 것과 같은 이유에서 인간 세계를 필요로 했다.

그러므로 기이한 것을 잠정적으로 정의할 때 그 단서는 러브크래프트가 두 단편들의 제목, 「우주의 색채The Colour Out of Space●」, 「시간의 그림자The Shadow Out of Time」에서 사용한 '의out of'라는 살짝 기묘하고 모호한 단어에서 찾을 수 있다. 단순하게 보면, '의out of'는 분명 '에서 나온from'을 의미한다. 그러나 특히 「시간의 그림자」의 경우 이차적인 의미, 무언가를 잘라 냈다는 암시를 피할 수 없다. 그림자는 시간에서 도려낸 무엇이다. 이렇듯 무엇이 그 원래 위치로부터 '절단'되었다는 개념은 한편으로 러브크래프트가 모더니스트의 콜라주 기법과 관련 있는 측면이기도하다. 또한 '의out of'에는 세 번째 의미도 있으니 바로 저 너머의 것이라는 뜻이다. 「시간의 그림자」라는 것은 한편으로 우리가 통상 이해하고 경험하는 시간을 넘어선 그림자이다.

● 1972~, 영국 판타지 작가.
●● 인도 신화에 나오는 상상의 새.
●●● 물에 사는 러시아의 정령.
●●●● 말을 안 듣는 아이들을 잡아먹는다는 웨일스의 요정.

　저 너머의 분위기를 내고, 외부 세계를 연상시키려면, 러브크래프트의 작품은 현존하는 형상이나 전통에 기대서는 안 된다. 그의 작품은 새로운 것을 생산해 내는 데에 결정적으로 의존한다. 차이나 미에빌●이 『광기의 산맥』의 서문에서 언급했듯이, "러브크래프트는 철저히 민간전승 외부에 기거한다. 이는 친숙한 뱀파이어나 늑대인간 혹은 가루다●●나 루살카●●●나 어떤 다른 전통적인 벅베어●●●●를 현대화한 것이 아니다. 러브크래프트의 신들과 동식물들은 전적으로 독특"하다. 러브크래프트의 창조물에는 또 다른, 중요한 관점의 새로움이 있으니, 바로 작가가 부인하고 위장한다는 점이다. 미에빌은 이렇게 계속한다. "러브크래프트의 서술에서는… 역설이 발견된다. 그의 그로테스크한 것에 대한 개념과 환상적인 것에 대한 접근은 완전히 새로운 방식이지만, 러브크래프트는 그렇지 않은 척한다." 기이한 존재들을 대면할 때, 러브크래프트의 캐릭터들은 러브크래프트 본인이 고안한 신화나 전승에서 유사성을 발견한다. 새로이 고안한 신화를 오랜 과거인 듯 회고하여 투영하는 러브크래프트의 방식은 제이슨 콜라비토가 에리히 폰 다니켄과 그레이엄 핸콕과 같은 작가들을 들며 '외계/이질적인 신들에 대한 숭배'를 낳았다고 일컬은 무엇을 탄생시켰다. 러브크래프트는 새로운 것을 '시간을 거슬러 과거에 묻어둠'으로써 그의 기이한 소설들을 '시간의 밖'에 위치시켰다. 마치 그의 소설 「시간의 그림자」에서 주인공인 피슬리가 유적지 가운데서 자신의 필체로 적힌 텍스트를 접하는 것처럼.

차이나 미에빌은 1차 세계 대전의 여파가 러브크래프트의 새로움을 야기했다고 주장한다. 과거와 충격적으로 단절된 탓에 새로운 것이 출현할 수 있었다고. 하지만 그때의 트라우마가 경험이라는 구조 자체에 난 파열과 관련이 있다는 측면에서, 러브크래프트의 작품을 트라우마에 대한 것이라 이해하는 시선도 또한 유용할 것이다. 프로이트가 『쾌락 원칙을 넘어서』에서 언급한 바는("정신분석적인 발견들의 결과, 오늘날 우리는 시간과 공간이 사고의 불가결한 형식들이라는 칸트의 법칙을 다시 논의해야 한다.") 그가 무의식은 칸트가 지각-인식 체계를 지배하는 시간, 공간, 인과관계의 '선험적인' 구조라 부르는 것을 넘어 작용한다고 믿고 있음을 암시한다. 무의식의 기능과 시공간, 인과관계라는 지배적인 모형과의 단절을 파악하는 한 가지 방법은 트라우마로 고통 받는 이들의 정신 활동을 연구하는 것이다. 트라우마는 따라서 선험적인 충격의 일종으로 여겨질 수

• 2차원 평면에 3차원 공간을 담으려 했던 네덜란드 판화가.

•• 등장인물의 꿈에 나타나는 장소로, 태곳적 끔찍한 존재들, 크툴루와 그 후예들이
   묻힌 채 바닷속 깊이 가라앉았다고 여겨지는 고대 도시 리에로 밝혀진다.

35

있다. 이는 러브크래프트의 작품을 연상시킨다. 외부 세계는 '경험적으로' 동떨어진 것이 아니라 선험적으로 동떨어진 것이다. 즉, 이는 단순히 시공간상 멀리 있는 무엇의 문제가 아니라 우리의 일상적인 경험과 시공간에 대한 개념 자체를 뛰어넘어 존재하는 무엇의 문제이다. 프로이트가 그의 저서 전반에 걸쳐 재차 강조하듯 무의식은 무(無)도 시간도 알지 못한다. 그러므로 『문명 속의 불만』에서 무의식은 마치 "한 번 존재하게 된 것은 무엇이든 사라지지 않으며 모든 이전의 발달상이 최근의 것들과 나란히 존재를 지속하는" 로마처럼 에셔•와 같은 이미지로 나타난다. 프로이트의 기이한 기하학적 구조들은 비(非) 유클리드 공간을 거듭 연상시킨다는 점에서 러브크래프트의 소설들과 뚜렷한 유사성을 지닌다. 「크툴루의 부름」에 나타난 '꿈속 장소••의 기하학적 구조'에 대한 묘사를 보라. "비정상적이고, 비(非) 유클리드적이며, 오싹하게도 우리 세계와 멀리 떨어진 영역과 차원을 떠올리게 하는."

러브크래프트를 너무 쉽게 묘사할 수 없다는 개념에 대입해서는 안 된다. 러브크래프트가 자신의 창조물들을 스스로 '명명할 수 없는', 혹은 '형언할 수 없는'이라 칭할 때, 그의 말은 지나치게 곧이곧대로 받아들여지곤 한다. 차이

나 미에빌이 지적하듯, 러브크래프트는 전형적으로 어떤 존재를 '형언할 수 없다'고 칭하자마자 매우 정확하며 기술적으로 세세하게 그 존재를 묘사하기 시작한다. (혹은, '명명할 수 없는'이라는 용어 사용을 즐기면서도─러브크래프트 자신이 본인의 소설 「말로 표현할 수 없는 것」에서 자조하면서도 옹호한 바 있듯이─그는 '존재들'에 이름 붙이기를 꺼리지 않는다.)

하지만 이런 과정에는 세 번째 국면이 있다. (1) 형언할 수 없음을 선언함, (2) 묘사함, 뒤에 (3) 상상할 수 없음의 단계가 온다. 러브크래프트가 묘사하는 그 모든 세세함 덕에 혹은 아마도 그 세세함 탓에, 독자는 그 다변증적으로 자기 분열된 형용사들을 하나의 심상으로 종합할 수 없게 된다. 한편, 그레이엄 하만은 그런 구절들의 효과를 큐비즘과 비교하는데, 이런 유사성은 「위치하우스에서의 꿈」에서 언급된 '큐브와 면의 집단'을 통해 강화된다. 큐비스트와 미래파 예술가들의 기법과 모티브들은 러브크래프트의 작품들 상당수에서 일반적으로 (표면적으로는) 혐오스러운 대상으로 나타난다. 적대적이긴 했지만, 러브크래프트는 모더니스트의 시각예술이 외부 세계를 연상시키는 원천으로 용도 변경될 수 있음을 인식하고 있었다.

여기까지는 러브크래프트에 대한 논의의 초점을 이야

기 안에서 벌어지는 일들에 두었지만, 러브크래프트가 자 아내는 가장 주요한 기이한 효과들 중 한 가지는 이야기와 이야기 사이에서 나온다. 러브크래프트의 이야기들을 하나의 '신화'로 체계화한 것은 그의 추종자인 어거스트 다레스의 성과일 수도 있지만, 이야기들의 상호 연관성이나 이야기들 안에서 일관된 현실을 구축하는 방식은 러브크래프트 작품의 특이성을 이해하는 데 결정적이다. 러브크래프트가 그러한 일관성을 구축한 방식이 톨킨이 유사한 결과를 획득한 것과 별 차이 없는 듯 보일지는 모르지만, 다시 말하건대, 중요한 것은 이 세계와의 관계이다. 이야기를 어느 범접할 수 없는 아득히 먼 왕국이 아니라 뉴잉글랜드에 배치함으로써 러브크래프트는 소설과 현실 사이의 계층적인 관계를 헝클어 버릴 수 있었다.

이야기 속에 근거 있는 역사와 함께 가상의 학문을 삽입한 것은 로브그리예, 핀천, 보르헤스의 포스트모더니즘 소설에서 생성된 것들과 유사한 존재론적 이형들을 만들어 낸다. 러브크래프트는 실재 존재하는 현상과 자신이 고안한 것들이 동일한 위상을 지닌 듯이 취급하면서 사실적인 것을 비현실화하고 허구의 것을 현실화한다. 그레이엄 하만은 러브크래프트가 횔덜린•을 대신하여 철학자들

● 보르헤스의 단편 「피에르 메나르, 돈키호테의 저자」에서, 가공의 소설가 피에르 메나르는 세르반테스의 소설 『돈키호테』 일부를 그대로 표절한다.

의 문학적 연구 대상으로 가장 추앙받는 권좌를 차지할 날을 고대하고 있다. 또한 어쩌면 펄프 모더니스트인 러브크래프트가 포스트모더니스트인 보르헤스를 대신해서 존재론적인 수수께끼에 관한 출중한 소설적 탐구자가 되는 날이 올지도 모른다. 러브크래프트는 보르헤스가 그저 '우화'로 표현한 것들을 예를 들어 설명한다. 피에르 메나르 버전의 '돈키호테'가 보르헤스 소설 밖에 존재한다고 믿는 이는 없을 테지만, 적잖은 독자가 러브크래프트 소설에 종종 등장하는 고대 전승을 모은 책, 『네크로노미콘』에 대해 영국 국립 도서관에 문의하곤 한다. 러브크래프트는 『네크로노미콘』의 극히 일부를 보여 주는 것만으로 '사실적 효과'를 자아낸다. 그 가공할 텍스트를 매우 단편적으로 언급하는 바로 그 특성이 그것이 실재한다는 믿음을 독자에게 유발한다. 러브크래프트가 실제로 『네크로노미콘』이라는 완전한 작품을 써냈다면, 그 책은 우리가 그저 인용구들로만 접할 때보다 훨씬 덜 사실적으로 보일 것이다. 러브크래프트는 인용의 힘을, 텍스트는 날것 그대로 조우할 때보다 인용될 때 더 사실적으로 보인다는 방식을 이해했던 듯하다.

그러한 존재론적 치환의 한 가지 결과로 러브크래프트

는 자신의 작품에 절대적인 권위를 행사하지 않는다. 작품이 작가로부터 어떤 자율성을 획득할 때, 러브크래프트의 역할은 표면상의 창조자로서 부수적 수준에 머물게 된다. 대신 러브크래프트는 독립적인 존재들, 캐릭터들, 공식들의 창안자가 된다. 정말 중요한 것은 그의 소설 체계의 일관성─독자와 다른 작가 모두의 집단적인 참여를 야기하는 일관성이다. 잘 알려져 있듯이, 다레스뿐 아니라 클락 애쉬튼 스미스, 로버트 E. 하워드, 브라이언 럼리, 램지 캠벨, 기타 많은 작가들이 크툴루 신화에 대한 이야기들을 썼다. 자신의 이야기들을 다른 이들과 함께 엮어내면서 러브크래프트는 자기 창조물들에 대한 통제력을 어떤 거대한 체계에 잃게 되며, 그 체계의 고유한 규칙들은 신참자들도 러브크래프트만큼이나 쉽게 알아낼 수 있다.

세속적인 것에 반하는 기이한 것:
H. G. 웰스

이제 나는 H. G. 웰스의 단편 「벽에 난 문The Door in the Wall」
읽기를 통해 조금 다른 각도에서 기이한 것에 접근해 보고
자 한다. 비록 러브크래프트의 작품과는 전혀 다르지만,
나는 이 이야기에 강렬한 기이한 자극이 있다고 믿는다.

화자는 레이먼드이며, 이야기는 그의 친구인 정치가 라
이오넬 월레스에 관한 것이다. 월레스는 레이먼드에게 어
린 시절 런던의 웨스트 켄싱턴 거리 어딘가에서 벽에 난
초록색 문을 본 기억이 있다고 이야기한다. 어떤 이유로,
그는 그 문을 열려는 열망에 사로잡혔다. 처음에는 불안
감에 그 문으로 들어가는 것이 '어리석거나 그릇된' 일이라
느꼈지만, '몰아치는 감정에 사로잡혀' 불안감을 극복하고
벽에 난 문으로 돌진한다. 벽에 난 문 너머 정원에서는 델
보•나 에른스트••가 그린 초현실주의 그림 같은 무언가 느
껴진다. 나른한 기쁨이 감돌며 그곳에서 만나는 모든 사
람들에게서 충만한 다정함이 뿜어져 나오는 듯하다. 그곳
에는 이례적인 것들이 있다. 한 쌍의 표범이 보이고, 어떤

책이 보이는데 그 책 속의 이미지들은 '그림이 아니라 실재'이다. 이 책이 마법의 물건인지, 선구적인 기술의 사례인지, 어떤 환각의 산물인지는 명확하지 않다. 잠시 후, 책을 살펴보다가 문득 그는 자신이 "가로등이 켜지기 전인, 한기가 느껴질 늦은 오후 무렵의 어둑한 켄싱턴 거리"를 보고 있음을 깨닫는다. "그리고 나는 그 거리에 서 있었네. 작고 버림받은 모습으로 펑펑 울면서." 하지만 그다지 명확하지 않은 이유 때문에—어째서 그는 그 즉시 벽에 난 문으로 다시 돌아가지 않는가?—그는 곧장 돌아갈 수 없다. 다시 한 번 지루한 일상에 처하면서 그는 '참을 수 없는 슬픔'에 휩쓸린다.

월레스는 몇 년 뒤에 처음엔 우연히 벽에 난 문을 맞닥뜨린다. 그는 "캠든 힐 반대쪽 다소 허름한 거리를 헤매고" 있다가 길고 하얀 벽과 그 정원으로 이어진 문을 발견한다. 그러나 이번에 그는 들어가지 않는다. 학교에 늦을 것 같아서 나중에, 시간이 좀 더 있을 때 돌아오려 한다. 그는 실수로 학교 친구들에게 그 문과 정원에 대해 말해 버린다. 그들은 억지로 월레스를 따라오지만 월레스는 그 문을 찾지 못한다.

그는 어린 시절 몇 번 더 그 문을 마주하지만—한 번은

옥스퍼드에 장학금을 받으러 가는 길에—역시나 매일의 삶에 치여 그 문으로 들어가지 않고 지나친다. 최근 몇 년 사이, 중년에 들어서면서 월레스는 다시 한 번 그 문에 대한 생각에 사로잡혀 다시는 그 문을 보지 못할까 봐 두려워한다.

그 후로 몇 년간 일에 몰두했고 그 문은 더 이상 보지 못했네. 다시 생각난 건 아주 최근 일이야. 그러면서 마치 어떤 얇은 오점이 내 세계에 퍼진 느낌이 들어. 그 문을 다시는 못 보는 것이 슬프고 괴롭게 여겨지기 시작했지. 어쩌면 일이 과해서 좀 힘든지도 몰라. 어쩌면 이런 게 사십 대의 감상이라고들 하는 건지도 모르지. 나도 모르겠네. 하지만 일을 수월하게 해 주는 그 예리한 반짝임이 요즘 들어 사라진 건 분명해….

하지만 그는 그 문을 다시 보게 된다.—세 번이나. 다만 매번 지나치는데—중요한 정치적 안건에 휘말리고, 아버지의 임종을 지키러 가는 길이고, 자신의 입장에 대한 대화로 바쁘기 때문이다. 이 일을 다시 레이먼드에게 이야기할 때, 월레스는 그 문에 들어가지 못했다는 비통함에 괴로워한다. 독자로서는 딱히 놀랍지 않게도 레이먼드는 그 이후 월레스가 죽었다는 소식을 접하게 된다. 월레스의 시신은 "이스트 켄싱턴 역 근처의 깊은 구덩이에서 발견"된다.

「벽에 난 문」이 어째서 기이한 이야기로 분류되어야 하는가? 세계들—양립할 수 없는 세계들 간의 접촉—이라는 문제는 이 이야기가 러브크래프트와 공유하는 무엇임이 분명하며, 바로 이런 점이 우리를 다시 한 번 기이한 것의 핵심으로 이끌게 된다. 우리가 앞서 탐구하기 시작했듯이, 기이한 소설은 우리에게 늘 세계 간의 문턱을 제공한다. 「벽에 난 문」은 말할 것도 없이 바로 그런 문턱 가운데 위치한다. 이야기의 힘은 대부분 일상적인 요소들로 묘사된 런던이라는 현세적 배경—"그는 좁고 더러운 여러 가게들, 특히 지저분한 파이프들이며 납박판, 볼탭, 벽지 패턴 북, 애나멜 깡통들이 먼지를 덮어 쓴 채 어지러이 널린 배관공과 도배업자들의 가게들을 회상한다."—과 문 너머 세상 사이의 대립에서 발생한다.

러브크래프트의 이야기에는 세계간의 문턱들이 가득하다. 종종 그 출구는 책이기도 하고(저 가공할 네크로노미콘처럼), 때로는 랜돌프 카터*의 「실버 키」처럼 문자 그대로

• LA 인근 부촌 지역명. 영화에서 상징적 지명으로 등장한다. 주연 배우 로라 던과 데이비드 린치 감독이 촬영장에서 대화 중에 떠올린 지명이 그대로 영화 제목이 되었다.

포털이기도 하다. 입구나 포털들은 마블 코믹스가 창조한 캐릭터 닥터 스트레인지의 상당히 러브크래프트적인 이야기들에 일상적으로 등장한다. 데이비드 린치의 영화나 드라마 역시 문, 커튼, 입구에 집착한다. 추후 살펴보겠지만, 영화 〈인랜드 엠파이어*〉에서 인랜드 엠파이어는 세계 간 문턱에 구성된 '구멍 뚫린 공간', 존재론적인 토끼 굴로 나타난다. 때로 다른 세계로 이어지는 문턱이란 단순히 재설계의 문제일지도 모른다. 리처드 매드슨의 『줄어드는 남자』는 당신이 충분히 작아지기만 한다면, 당신의 거실이 바로 기이한 충격과 공포의 공간이 될 수 있음을 보여 준다.

문, 문턱, 포털들의 중요성은 사이라는 개념이 기이한 것에 결정적임을 의미한다. 웰스의 이야기가 벽 뒤에 위치한 정원에서만 발생했다면, 기이한 충격을 자아내지는 못했을 것이다. (이것이 바로 C. S. 루이스의 이야기에서 기이한 감정이 엄밀하게는 나니아가 아니라 나니아 가장자리에 위치한 가로등 기둥에 부여되는 이유이다.) 이야기가 완전히 문 너머에 자리하면 우리는 판타지 장르라는 영역에 있게 된다. 이런 판타지 방식은 다른 세계들을 자연법칙에 맞추어 설명한다. 하지만 기이한 것은 세상의 불안정함, 외부 세계에 대한 개방성들을 노출해서 모든 세계를 자연법칙에서 벗어나게 한다.

러브크래프트적인 이야기의 공식에서 벗어나는 뚜렷한 지점은 「벽에 난 문」에는 비인간적인 존재가 전혀 등장하지 않는다는 점이다. 월레스가 문으로 들어섰을 때 이상한 존재들과 마주치긴 하지만 그들은 인간으로 보인다. 이야기가 생성하는 기이한 감각은 근본적으로 이 나른한, 친절한 존재들이 야기하는 것이 아니며, 기이한 것에 러브크래프트 이야기에서 그토록 핵심적인 어떤 '가공할 괴물'이 반드시 필요하지는 않다.

러브크래프트와 「벽에 난 문」의 두 번째 차이점은 모호함이라는 문제와 관련이 있다. 우리가 이미 살펴보았듯이, 러브크래프트의 이야기들은 모호함이라는 감정으로 특징지어지는 경우가 드물다. 외부 세계가 진짜인지 아닌지 의문을 남기지 않는다. 이와 대조적으로 「벽에 난 문」에서는 레이먼드가 자신의 마음이 "수많은 질문과 수수께끼들로 어두워져" 있음을 깨닫는다. 그는 월레스가 "전례 없는 유형의 환각"에 시달렸을 가능성을 떨치지 못한다. 월레스는 미친 사람이었거나, 혹은 "몽상가, 예지력과 상상력이 있는 사람"이었다. "우리는 우리의 세상을 타당하고

일반적이라 생각한다." 레이먼드는 불확실하게도, 이렇게
결론짓는다. "가벽에 구덩이라. 우리의 명징한 기준으로
보자면, 그는 안전한 곳을 벗어나 어둠으로, 위험과 죽음
으로 걸어갔다. 하지만 그도 그렇게 생각했을까?●"

여기에 러브크래프트와 이 이야기 사이의 세 번째 차이
점이 있다. 정신 이상에 대한 의문이다. 러브크래프트의
이야기에서 캐릭터가 겪는 정신 이상은 외부 세계와의 조
우가 야기하는 선험적인 충격의 결과이다. 캐릭터가 어떤
존재들을 인지하도록 유발하는 정신 이상적인 문제는 전
혀 없다(단순히 망상의 산물이라면 해당 존재들은 분명 가치가 떨
어질 것이다). 「벽에 난 문」은 정신병인지 의심의 여지를 남
겨 둔다. 비록 레이먼드가 확신하지 못하고, '마음 깊이 믿
는 바'는 아니지만, 월레스가 미쳐 있거나 착각했거나 혹
은 그 모든 경험을 어린 시절의 왜곡된 기억(이는 차폐 기억
에 대한 프로이트 에세이의 정의를 따르자면, 어린 시절의 기억이
아니라 어린 시절에 '대한' 기억이겠지만)에서 꾸며내는 것 역시
가능하다. 월레스 역시 자신이 어린 시절의 기억을 완전
히 왜곡될 정도로 확대한―다시 꿈꾼―것이 아닐까 추
측한다.

하지만 아마도 「벽에 난 문」과 러브크래프트 이야기들

● 1869~1937, 독일 신학자.
●● 오토는 고대 라틴어에서 신비한 힘을 뜻하던 누멘이라는 말을 빌려 일상적으로
는 경험할 수 없는 신비하고 성스러운 것을 누멘적인 것이라 설명했으며 누미노
제라는 형용사형을 만들어냈다.
●●● 1958~, 프랑스 소설가 겸 영화감독.

의 결정적인 차이는 웰스의 이야기에서 핵심을 차지하는
'갈구'라는 특성에 있다. 러브크래프트 소설에서는 외부 세
계의 긍정적인 매력이 억눌리고 역전되며, 혐오와 공포로
변형된다. 하지만 「벽에 난 문」에서 문 너머 세상의 매력은
환히 빛난다. 이야기를 지탱하는 핵심적인 대립 구도는
자연주의 대(對) 초자연주의가 아니라―분명 '황홀'하긴
하지만, 벽 뒤의 세상이 초자연적이라는 암시는 거의 없다
―일상적으로 경험하는 것과 신비한 것 사이에 있다. 월
레스가 묘사하는 "그 주변을 어슬렁대는 일상적인 것들과
는 '전혀 다른' 불투명한 비현실의 형언할 수 없는 특성"은
루돌프 오토●가 『성스러움의 의미The Idea of the Holy』에서 특정
지은 누멘적인 것●●을 연상시킨다. 그러나 월레스와 오토
모두에게, "불투명한 비현실의 형언할 수 없는 특성"에는
"일상적으로 경험하는 것"보다 더 사실적인 무엇과의 조
우가 뒤따른다. 사실처럼 느껴지지 않는 사실에는 평범한
경험이라는 지표를 뛰어넘는 감각의 고조가 수반되지만,
월레스에게 "적어도 벽에 난 문은 진짜 벽을 통해 불변의
현실로 이끄는 진짜 문"이었다.

　미셸 우엘벡●●●은 러브크래프트에 관한 자신의 책에
『세상에 맞서, 삶에 맞서Against the World, Against Life』라는 제목을

붙였지만, 러브크래프트의 이야기가 끝없이 팽창하는 것은 그의 진정한 반감이 세속적인 것, 일상이라는 누추한 한계에 있었다는 점 때문인지도 모른다. 세속적인 것이 지닌 결핍들에 대한 공격은 분명 「벽에 난 문」의 원동력 중 하나이다. "오! 그 돌아올 때의 비참함이라니!" 월레스는 자신이 "이 우중충한 세계에 다시" 돌아온 것을 발견하고는 이렇게 한탄한다. 월레스는 자신이 세속적인 유혹에 굴복해 왔기 때문에 우울하다고 느낀다.

월레스가 자신의 비탄을 묘사할 때, 그는 정신분석적으로 죽음 충동의 노리개가 된 듯이 보인다. "사실은―유령이나 귀신 같은 경우는 아니지만―하지만―말하기 참 묘한 일이네만,―내가 흘렸다네. 뭐랄까 모든 것에서 빛을 앗아가고, 나를 갈망으로 채우는 그런 무언가에 사로잡혔다고 할까…" 월레스가 처음 그 문과 마주쳤을 때를 돌이키면서, 레이먼드는 "끌리면서도 거부감을 느끼는(강조가 추가됨), 그 어린 소년의 모습"을 그려 본다. 프로이트는 불쾌한 것을 향한 바로 이 양면적인 끌림이라는 측면에서 죽음 충동을 묘사한다. 죽음 충동의 이상한 구조를 밝힌 이들은 라캉과 그의 추종자들로, 욕망은 그 욕망을 충족시키는 표면적인 대상을 항상 놓침으로써 영구히 존속

• 쾌락 원칙은 불쾌함을 줄이고 쾌락을 늘리려 한다는 것이지만, 불쾌함을 줄이기 위해 현재의 쾌락을 유보하는 양면적인 성질도 지니고 있다. 금지된 대상에 대해서는 그 처벌이 가져오는 불쾌를 피하기 위해 욕망을 포기한다는 것 역시 쾌락 원칙의 속성이다. 따라서 현실적인 쾌락을 위해 금지된 규칙에 반하는 행위, 혹은 현실 원칙을 저버리고 쾌락을 추구하는 행위는 쾌락 원칙에 따른 행동이 아니라 쾌락 원칙에 반하는 행동, 쾌락 원칙을 넘어서는 행동이라 볼 수 있다.

하게 된다. 마치 월레스에게 문으로 들어서는 일은 그의 가장 심오한 욕망이 분명한데도 불구하고 거듭 실패하듯이. 그 문과 정원이 가한 매력은 그가 이룬 모든 세속적인 충족과 성취들에서 그 풍미를 앗아 버린다.

> 이제야 나는 그것, 그의 얼굴에 분명하게 쓰인 듯 보이던 그것에 대한 실마리를 찾았다. 내가 가진 사진에 바로 그 무심한 표정이 포착되어 강렬히 드러나 있다. 그 표정을 보면 언젠가 한 여자가 그에 대해 했던 말이 떠오른다. 그를 몹시 사랑했던 한 여자의 말이. 그녀는 말했다. "갑자기, 그 사람이 모든 흥미를 잃어요. 당신을 잊어버리지요. 당신에게 전혀 신경 쓰지 않아요─바로 자기 앞에 있는데도…."

그 문은 언제나 쾌락 원칙을 넘어서, 기이한 것으로 이끄는 문턱이었다.•

• 1976년 영국 맨체스터에서 결성된 영국 포스트 펑크 밴드. 보컬이자 작곡가인 마크 E. 스미스를 주축으로 많은 멤버들이 오갔다. 환상적이고 기괴한 요소들과 사회적인 요소들을 결합하여 영국 특유의 마술적 사실주의를 선보였다는 평을 듣는다.
•• 동굴.
••• 건축서, 혹은 건축 10서라고도 한다.

"몸은 뒤엉킨 촉수 덩어리": 그로테스크한 것과 기이한 것: 더 폴•

그로테스크라는 말은 15세기에 티투스의 목욕탕을 발굴하다 처음 발견된 로마의 장식적 디자인에서 파생되었다. 발견된 곳인 '그로토grottoe•••'를 따라 명명된 이 새로운 형상들은 인간과 동물의 형상이 나뭇잎, 꽃, 과일들과 환상적인 형태로 뒤엉킨 디자인들로 구성되어 당시의 고전적인 예술 갈래들과는 전혀 관련이 없었다. 라틴 작가 비트루비우스는 이런 형상들을 설명하는 당대의 문헌을 남겼다. 그는 아우구스투스 밑에서 로마를 재건하는 책임을 맡은 관리였으며, 「건축에 관하여On Architecture•••」라는 논문을 남겼다. 놀랄 것도 없이, 그는 여기서 그로테스크라는 '부적절한 취향'을 혹독하게 깎아내린다. "그런 것들은 존재하지도 않고 존재할 수도 없으며 존재한 적도 없다." 작가는 인간, 동물, 식물이 결합된 형태를 묘사하며 이렇게 말한다. "나뭇잎이 어떻게 실제로 지붕을 지지할 수 있으며 촛대가 박공 장식을 지

지할 수 있는가? 또는 부드럽고 여린 줄기가 조각상을
지지할 수 있나? 혹은 어떻게 꽃과 조각상들이 뿌리와
줄기에서 교대로 돋아난단 말인가? 그럼에도 사람들은
이런 거짓을 접함에 있어, 경멸하기보다는 용인하면서
그중 하나라도 실제로 발생할 수 있는지 아닌지는 생각
하지 않는다."

_패트릭 패린더●, 『제임스 조이스James Joyce』

웰스의 이야기가 우울감에 찬 기이함의 사례였다면, 기
이한 것과 그로테스크한 것의 관계를 고찰함으로써 기이
한 것의 또 다른 차원에 대해 생각해 볼 수 있다. 기이한
것과 마찬가지로 그로테스크한 것 역시 부적절한 무엇을
환기시킨다. 기괴한 대상의 출현에 대한 반응에는 혐오만
큼이나 웃음도 많이 포함될 것이다. 필립 톰슨은 그로테
스크한 것을 연구하면서 그로테스크한 것은 우스꽝스러
운 것, 그리고 우스꽝스러운 것과 양립할 수 없는 것의 상
호 공존으로 특징 지어진다고 주장했다. 이렇듯 웃음을
자극하는 능력은 어쩌면 그로테스크한 것이 기이한 것의
특정한 유형으로 가장 잘 이해될 수 있다는 걸 뜻한다. 기
이하게 받아들여질 수 없는 기괴한 대상이란 상상하기 어

럽지만, 웃음을 유발하지 않는 기이한 현상은 있는 법이다
―예를 들어 러브크래프트의 소설에서 웃음이라고는 돌
발적인 것뿐이다.

기이한 것과 그로테스크한 것이 결합된 전형적인 사례
는 포스트 펑크 그룹인 더 폴의 작업에서 볼 수 있다. 더
폴의 작품들은―특히 1980년에서 1982년 사이의 작품들
―은 그로테스크한 것이나 기이한 것과 관련된 것들에 흠
뻑 젖어 있다. 이 시기 그룹의 방법론은 1980년 발표된 싱
글 〈도시의 홉고블린City Hobgoblins〉의 커버에 생생하게 포착
되어 있다. 이 커버에는 '오래된 녹색 빈터에서 온 이주자
들'에 침범된 도심 풍경과 음흉하고 악의에 찬 꼬마 요정
이 허물어진 주택지로 다가오는 장면이 보인다. 하지만
투박하게 표현된 홉고블린은 배경에 매끄럽게 스며들기
보다 도드라져 있다. 이것은 세계 간의 전쟁이자 존재론
적인 투쟁, 표현의 방법을 둘러싼 다툼이다. 관료적인 부
르주아 문화와 그 하위 범주들의 관점에서 보면, 더 폴과
같은 그룹―노동 계층이며 실험적이고 대중적이며 모더
니스트적인―은 존재할 수도 존재해서도 안 되는 것이
다. 더 폴은 기이한 것과 그로테스크한 것에서 문화적 정
치적 견해들을 뽑아내는 방식으로 유명하다. 더 폴은 소

위 대중적인 모더니스트의 기이함이라 불릴 법한 것을 생산했는데, 그 안에서 기이한 것은 작품의 내용뿐 아니라 그 형체도 빚어낸다. 이 기이한 이야기들은 모더니즘적인 기이함—그 낯섦, 이전에는 같은 척도로 비교할 수 없다고 여겨졌던 요소들의 결합, 압축, 표준적인 가독성에 대한 도전—과 포스트 펑크 사운드의 그 모든 고난과 충동들이 발전하는 과정에 관여한다.

이런 요소들의 상당 부분이, 비록 완곡하고 불가사의하지만 더 폴의 1980년 앨범 〈그로테스크Grotesque (after the Gramme)〉에 전부 함께 나타난다. 위에 인용된 패린더의 묘사에서, 그로테스크라는 말이 원래 "나뭇잎, 꽃, 과일, 인간, 동물 등이 고전 예술의 이론적인 범주와 전혀 관계없는 환상적인 디자인으로 얽혀 있는 것"을 칭한다는 점을 일단 인지하고 나면, 그 사실을 몰랐다면 이해하지 못했을 "허클베리 가면들", "얼굴에 나비들이 있는 남자", "타조 머리 장식", "연한 푸른빛 식물의 머리들" 같은 인용들이 말이 되기 시작한다.

〈그로테스크〉에 수록된 노래들은 이야기이지만, 반 토막난 이야기들이다. 여기서 말들은, 계속 끊어지는 안정적이지 못한 송신을 통해 전달되는 것처럼 단편적이다. 관

● 파악하기 쉽고 편안한 무엇.

●● 해머 필름 프로덕션. 영국 영화 제작사로 1934년 설립되어 1950년대부터 70년
대까지 고딕 호러 영화의 전성기를 이끌며 프랑켄슈타인, 드라큘라, 미이라 같은
유명 캐릭터를 배출했다.

점은 왜곡되어 작가, 텍스트, 캐릭터 사이의 존재론적 구
별이 혼선을 빚고 균열된다. 서술자의 말과 화자의 말을
구별할 수 없다. 트랙들은 그룹 리더인 마크 E. 스미스가
앨범 커버에 수록된 수수께끼 같은 해설에서 조소한 '커피
테이블●' 미학에 의도적으로 반발하여 다층적이며, 거칠게
녹음되었다. 녹음과정이 제거되지 않고 부각되어 표면의
긁힘과 알 수 없는 카세트 노이즈가 마치 해머 영화사●●의
〈프랑켄슈타인〉 속 괴물 몸의 봉합 자국처럼 노출된다. 'J
템퍼런스의 인상Impression of J Temperance'이라는 트랙은 전형
적인 러브크래프트 스타일의 이야기로, 이 이야기에서는
개 사육사의 "끔찍한 복제품"("갈색 눈구멍… 자줏빛 눈동자…
폐기물을 처리하는 바지선들에서 나온 쓰레기를 먹고 사는…")이
맨체스터를 활보한다. 이는 기이한 이야기이지만 압축과
콜라주라는 모더니스트의 기법들에 의존한다. 그 결과는
너무나 함축적이어서 스티브 한리의 베이스가 준설하는
것처럼 울리는 가운데 마치 그 텍스트를—퇴사, 흰곰팡
이, 조류에 의해 부분적으로 지워진 채—맨체스터 운하에
서 끄집어 낸 것만 같다.

물론 여기에도 웃음은 있지만, 패러디와 조롱을 변절한
이 형태에는 함부로 풍자라는 꼬리표를 붙일 수가 없다.

• 1757~1815, 영국 풍자 화가.
•• 알프레드 제리Alfred Jarry, 1873~1907, 영국 극작가.
••• 1896년 상영된 체제 전복적인 연극, 세익스피어의 〈맥베스〉를 중심으로 〈햄릿〉, 〈리어왕〉 일부를 패러디한 내용이 담겼다.

특히 최근 영국 문화에서 풍자가 취하는 핼쑥하고 이빨 없는 형태를 감안하면 더욱 그렇다. 그러나 더 폴에 있어서는, 마치 풍자가 그로테스크한 것 안에서 원래의 모습으로 회귀한 것만 같다. 더 폴의 웃음은 상식적인 주류 문화가 아니라 정신병적인 외부 세계에서 기인한다. 이는 길레이•의 몽환적 양식에서 나타나는 풍자로, 그 안에서 욕설과 풍자는 섬망이, 유대와 적대의 (정신병적인) 비유적 분출이 되며, 그 풍자가 진정으로 겨냥하는 바는 정직성의 결여가 아니라 인간의 품위가 유지 가능하다는 착각이다. 스미스가 '도시의 홉고블린'에서 제리••의 〈위비 왕Ubu Roi•••〉를 희미하게 읊는 것이 전혀 놀랍지 않다. "위비 왕은 집안의 홉고블린이다." 스미스만큼이나 제리에게도 외설적인 것과 부조리한 것의 모순과 불완전성은 양식(良識)의 거짓 균형 반대 선상에 있었다. 그로테스크해지는 것이 인간의 본질이라고까지 말할 수 있을지 모른다. 인간이라는 동물은 본래 어디에도 속하지 않으며, 자연계에 설 자리가 없는 자연의 별종인 데다 자연의 산물들을 기괴한 새 형태로 재조합할 수 있기 때문이다.

〈그로테스크〉에서 사운드는 난장판과 규율, 이지적이고 문학적인 것과 어리석고 물리적인 것의 불가능해 보이

• 〈그로테스크〉에 수록된 곡.
•• 1980년 더 폴의 첫 라이브 앨범 〈토테일의 기회Totale's Turn〉에 수록된 인트로.
••• 로큰롤과 컨트리 뮤직이 혼합된 미국의 음악 형태.
•••• 쓴 맛이 강한 영국 맥주.
••••• 미국의 로커빌리 가수. '비 밥 어 룰라'로 유명하다.
•••••• The North Will Rise Again 북부가 다시 부상하리라.
••••••• 1882~1957, 영국 화가이자 문필가. 보티시즘의 창시자.

는 조합을 이루어낸다. 이 앨범은 일상적인 것과 기이하게 그로테스크한 것 사이의 대립을 둘러싸고 구축되어 있다. 마치 레코드 전체가 가설적인 추측에 대한 응답으로서 구성된 것만 같다.

로큰롤이 미시시피 델타가 아니라 영국의 산업 중심부에서 출현했다면 어떨까? '컨테이너 운전사Contaienr Drivers'나 '불 같은 잭Fiery Jack'의 로커빌리'는 미트파이와 그레이비 탓에 늘어지고, 탈출하고자 하는 꿈들은 비터와 작은 싸구려 식당에서 파는 차들에 치명적으로 오염되어 버린다. 로큰롤은 노동자의 클럽 카바레로, 프레스트위치에서 성공하지 못한 진 빈센트 모창 가수에게 불려진다. '어떨까'라는 가정들은 이렇게 좌절된다. 로큰롤은 끝없이 펼쳐진 고속도로가 필요하다. 영국의 뒤엉킨 순환도로며 밀실 공포증을 느끼게 하는 집합 도시들에서는 결코 시작될 수 없다.

밀실 공포증을 앓는 영국의 속세와 기이한 것 사이의 충돌을 그로테스크한 방식으로 가장 명쾌하게 연주하는 곡은 'N.W.R.A'이다. 앨범 전체의 주제가 전부 이 한 트랙에 집약되어, 문화적 정치적인 음모들이 T. S. 엘리엇, 윈덤 루이스, H. G. 웰스, 필립 K. 딕, 러브크래프트,

• 보온, 침식 억제 등을 목적으로 토양 표면을 톱밥, 비닐 등으로 덮어 주는 것.
•• 랜돌프 카터는 러브크래프트의 페르소나로 일컬어진다.

르 카레의 별스러운 멀칭•처럼 연주된다.

　그 내용은 몸이 촉수로 뒤덮인, 심령술사이자 전직 카바레 연기자인 로먼 토테일의 이야기이다. 로먼 토테일은 스미스의 '또 다른 자아'라고 종종 일컬어진다. 실제로 스미스와 토테일의 관계는 러브크래프트와 랜돌프 카터••의 그것과 비슷하다. 토테일은 페르소나라기보다 캐릭터이다. 말할 것도 없이, 토테일은 '균형 잡힌' 캐릭터가 아니라 신화의 전달자, 펄프적인 조각들을 연결하는 상호텍스트적인 역할에 가깝다.

　　그리하여 R. 토테일은 지하에 머문다네

　　역겨운 고된 일에서 떠나

　　타조 머리 장식을 달고

　　얼굴은 헝클어져, 깃털에 뒤덮여 있지

　　짙은 남색 줄이 진 오렌지 빛 빨강을 띠는

　　깃털은 그의 가슴까지 늘어지네

　　몸은 뒤엉킨 촉수 덩어리

　　그리고 연한 푸른빛 식물 머리들

　'N. W. R. A.'의 형식은 토테일의 가공할 촉수 몸체만큼이나 유기적인 완전체로서 이질적이다. 그로테스크한 혼합물이며, 서로 어울리지 않는 조각들의 콜라주다. 그 모델은 설화라기보다 중편 소설에 가까우며, 이야기는 다각적 시점의 개별 사건들과 이에 공존하는 집합적인 스타일과 분위기로 서술된다. 코믹하고 저널리스틱하며 풍자적이고 소설적이기도 한 이 이야기는 마치 『율리시스』를 쓴 조이스가 「크툴루의 부름」을 십 분으로 압축해서 다시 써 낸 것 같다. 이야기를 추려 보면, 토테일은 음모의 중심에 서서―초반부터 침투되고 배신당하는데―북부의 영광을 재건하려 한다. 아마도 경제와 산업의 전성기를 누렸던 빅토리아 시대의 순간으로, 어쩌면 보다 고대의 탁월했던 어느 순간으로, 혹은 이전에 누렸던 그 어떤 것도 퇴색시킬 위대한 시대로. 스미스의 관점에서 북부는 수도에 대한 지방의 울분을 넘어, 도시의 좋은 취향이라는 것에 억눌린 모든 것을 상징한다. 소수적인 것, 이례적인 것, 지극히 저속한 것, 다시 말하자면, 기이하고 그로테스크한 것 그 자체들을. 토테일은 "타조 머리 장식", "짙은 남색 줄이 진 오렌지 빛 빨강/깃털들", "연한 푸른빛 식물 머리들"의 어울리지 않는 그로테스크한 차림으로 치장하고 이 기이한 반란으로 요정의 왕이 되려 한다. 그러나 결국 불구가

● 전설에서 성배를 지키는 마지막 용사지만 불구가 된 채 자신의 성 주변에서 낚시를 하며 치료해 줄 이만을 기다린다.
●● 찰스 디킨스 『위대한 유산』에 나오는 인물. 결혼 당일 버림받아 평생 웨딩드레스 입기를 고수한다.
●●● 오각별. 사탄의 별이라고도 하며 이단을 뜻한다.
●●●● 1973년 영국에서 제작된 공포 영화.

된 어부왕Fisher King● 신세가 되어 결코 벌어지지 않을 축제의 유물들 가운데 자리한 펄프 모더니스트 미스 하비샴●● 처럼, 좌절된 사회적 사실주의의 침 흘리는 토템처럼 버려진다. 결국 이 예지력 있는 지도자는 마치 환각제의 효능이 사라지고 열정이 식어 버리듯 몰락하여 다시 한 번 쇠락한 카바레 연기자가 되고 만다.

스미스는 더 폴의 1982년 앨범 〈주술 교육 시간Hex Education Hour〉, 기이한 것들에 대한 내용으로 점철된 이 또 다른 레코드 앨범에서 기이한 이야기의 형태로 돌아온다. '턱뼈와 공기총Jawbone and the Air Rifle'이라는 트랙에서는, 한 밀렵꾼이 우발적으로 무덤을 훼손했다가 "파괴된 형제들의 펜타클●●● 교회 저주의 기원을 담은" 턱뼈를 발굴한다. 이 노래는 아래와 같은 텍스트들에 대한 암시투성이다. 'M. R. 제임스의 「호기심에 대한 경고」와 「오, 불어라, 그러면 내가 너에게 가리라, 나의 친구여」, 러브크래프트의 「인스머스의 그림자」, 해머 영화사의 공포물들, 그리고 횃불을 휘두르는 마을 사람들 무리로 정점을 찍으며 정신병적인 파멸로 막을 내리는 〈사악한 남자The Wicker Man●●●●〉까지.

그는 거리에서 턱뼈를 보네.

• 1999년 제2 BBC에서 방송된 블랙 코미디 TV 시리즈.
•• 1938~1988, 독일의 음악가이자 배우.
••• 1968년에 나온 니코의 세 번째 스튜디오 앨범이자 두 번째 솔로 앨범.

광고물들은 짐승이 되고

역무원들은 턱뼈로 변해.

그리고 그는 섬들을 보지, 점액질로 잔뜩 뒤덮인.

마을 사람들은 건물들을 둘러싸고 춤추고

뒤틀린 입으로 웃어댄다네.

'턱뼈와 공기총'은 영국의 코미디 그룹인 '신사동맹the League of Gentlemen•' 시리즈를 꼭 닮았다. 신사동맹의 열성적인 축제—기이한 이야기에 대한 다양한 인용들, 그리고 웃기지 않는 것들을 종종 웃기는 것과 결합시키는 것들—는 더 폴의 영향을 받았다고 인정받으려는 그 어떤 음악 밴드들보다 훨씬 더 가치 있는 더 폴의 계승자이다.

반면, 레이캬비크에서 녹음된 '아이슬란드'라는 트랙은 북유럽 문화에서 사라져 가는 신화들을 그들이 탄생한 얼어붙은 땅에서 조우하는 곡이다. 이 곡에서 그로테스크한 웃음은 사라지고 없다. 노래는 최면에 걸린 듯 오르내리고 명상적이며 애도에 잠겨, 극한의 대기에서 니코•• 의 〈마블 인덱스The Marble Index••• 〉에 등장하는, 뼈처럼 하얀 스텝 지대를 떠오르게 한다. 이 트랙을 통해서 휘몰아치는 예리한 바람(스미스가 만든 카세트 레코드에서)은 우리에게

● 『Twilight of the Idols』 1888년 발간된 니체의 책 제목.
●● 바다 괴물.
●●● 컴퓨터용 저장 장치를 만들던 회사명. 종종 기억을 담아 두는 무엇을 의미하는
   보통명사로 쓰인다.

"당신의 영혼에 룬 문자로 쓰인 주술을 걸라"고 권하는데, 이는 또 다른 M. R. 제임스의 인용으로, 이번에는 「룬 주술 걸기Casting the Runes」라는 이야기이다. '아이슬란드'는 유럽의 희미해지고 있는 기이한 문화 속에서 멀어져 가는 홉고블린, 땅요정, 트롤을 위한 우상의 황혼●이며, 흉물스러운 것들과 신화들을 위한 비가로 그들의 꺼져 가는 숨결을 기록에 담아낸다.

저 신들 중 마지막 남은 자를 보라
크라켄●●들을 위한 메모렉스●●●를

● 1952~, 미국 소설가. 『아누비스의 문』, 『캐러비안의 해적』, 『디클레어』 등이 국내에 출간되었다.
●● Cybernetic Culture Research Unit, 1995년 워윅대학교에서 창설된 공동 집단으로 다양한 활동을 펼쳤으며 2015년 그동안 써 온 글들을 모아 『CCRU: Writings 1997~2003』이라는 제목으로 책을 출간했다.

우로보로스의 꼬리에 사로잡히다:
팀 파워스*

◇

템플턴은 다락방에 꼼짝도 하지 않고 앉아서 그의 낡은 항해용 시계가 흘리듯 불규칙하게 똑딱거리는 소리에 몰입한 채 JC 채프먼의 난해한 판화를 두고 깊은 생각에 잠겨 있다. 이제 보니 오랫동안 칸트의 초상화로 여겨졌던 이 복잡한 이미지가 자신이 차례차례 겪은 곤경들의 불길한 모노그램처럼 보인다. 안정적인 구조를 비웃기라도 하듯, 그 그림은 우로보로스, 끝없이 자기를 삼키며 숫자 8의 형태를 따르는—그리고 뫼비우스적인 영원을 추구하는—그 우주적 뱀의 이상하게 꼬인 꼬리로 둘러싸여 있다.

_CCRU**, 「템플턴 이야기」

사람들은 SF의 '타임 패러독스'에서, 그 상징적 과정의 기본 구조에서 '현실의 유령', 소위 내재적인, 내재적으

로 역전된 8을 보고자 한다. 이는 순환 운동이며 일종의
올가미로, 이 올가미 안에서는 이동 과정에서 우리가 스
스로를 능가하는 방식으로만 나아갈 수 있으며 결국에
는 이미 거쳐 왔던 지점에 있게 된다는 사실을 발견하게
된다. 여기서 역설은, 자기 알기라는 이 불필요한 우회
로, 이 부수적인 올가미(미래로의 여행)와 그에 이은 시간
을 돌리는 것(과거로의 여행)이 그저 주관적인 착각도, 이
런 착각들에서 독립적인 소위 현실에서 발생하는 객관
적인 과정을 지각하는 것도 아니라는 사실에 있다. 이
부수적인 올가미는 그보다 내적인 상태, 소위 '객관적인'
과정 그 자체의 내적인 구성 성분이다. 이 부수적인 우
회로를 통해서만 과거 그 자체, 사물의 '객관적인' 상태
가 소급적으로 원래의 상태가 되는 것이다.

_슬라보예 지젝•,

『이데올로기라는 숭고한 대상The Sublime Object of Ideology』

시간 여행 이야기에는 본질적으로 기이한 관점이 있지
않나? 그 성격상, 시간 여행 이야기는 결국 서로 어울리지
않는 존재와 대상을 결합한다. 여기서 세계 간 문턱은 다
른 시대를 여행하게 해 주는 장치로, 타임머신일 수도, 실

제로 시간을 넘나드는 문이나 게이트일 수도 있다. 기이한 효과는 전형적으로 시대착오적인 감각을 나타낸다. 하지만 시간 여행 이야기에 시간 역설(들)이 포함될 때 또 다른 기이한 효과가 촉발된다. 시간 여행의 역설은 우리를 더글러스 호프스태터가 '이상한 루프들' 혹은 '뒤얽힌 계층'이라 부르는 구조들로 몰아넣는데, 그 안에서 원인과 결과라는 정연한 구분은 치명적으로 파괴된다.

팀 파워스가 쓴 『아누비스의 문』은 로버트 하인리히의 「모든 좀비들All You Zombies」과 「그의 부츠 스트랩으로By His Bootstraps」를 거울 삼아 상당히 독창적으로 시간 여행 역설 이야기를 차용한다. 하지만 『아누비스의 문』의 시초에 가장 가까운 것은 아마도 마이클 무어콕의 1969년 중편 「그 남자를 보라Behold the Man」일 것이다. 이 책에서 칼 글로거는 1960년대에서 이 천 년 전 시대로 시간 여행을 떠나 결국 십자가형을 포함해 예수의 삶을 재창조하게―혹은 최초로 살게―된다.

『아누비스의 문』은 사실상 확장된 기이한 이야기이다. 비록 이야기는 마법과 신체 변형과 이례적인 존재들에 대한 언급으로 가득하지만, 이 소설의 기이한 효과를 자아내는 원천은 지옥과 같이 순환하는 왜곡된 시간이다. 『아누비스의 문』에서 학자인 브랜던 도일은 괴짜 부호 클래런스 대로우가 벌이는 시간 여행 실험에 합류하게 된다. 대로우는 죽어 가고 있고 엄청난, 그리고 미친 것이 분명한 조사에 착수해서 절박하게 자신의 삶을 연장하려 해 왔다. 그러던 중 19세기 초 런던의 설화인 '개 얼굴의 조'라는 이야기를 접하게 된다. 성실한 조사와 과감한 추측 과정을 거쳐 대로우는 조가 몸에서 몸으로 의식을 이동할 수 있는 마법사였다고 결론 짓는다. 하지만 조의 이런 신체 탈취에는 불운한 부작용이 따르니, 조가 들어가는 즉시 그 탈취된 신체에는 풍성한, 원숭이 같은 털이 자라나서 신체를 탈취한 새 주인은 갈아타자마자 곧 그 몸을 버려야만 한다. 뻔한 이유로, 대로우는 이 불경한 환생의 비밀을 획득하고 싶어 하며, 연구 결과 시간의 강에서 '틈', 과거로 건너갈 수 있는 문을 밝혀낸다. 이제 그에게는 이 신체 이동 마법사와 접촉할 수단이 생긴 듯하다. 도일의 역할은 대로우가 모아들인, 콜리지•의 강의를 볼 수 있다는 가능성에 매료된, 그리고 수백만 달러를 내서 여행의 재정을 마련하게 될 초(超) 부자인 시간 여행자들을 위한 학구적 여행 안내자인 양 행동하는 것이다.

　19세기에 도착하자마자 도일은 일부는 『올리버 트위스

• William S. Burroughs, 1914~1997, 미국 작가.

•• 『붉은 밤의 도시들Cities of Red Night』(1981), 『막다른 길The Place of Dead Roads』(1983)에 이은 연대기의 마지막 작품.

••• 원래 줄기가 뿌리처럼 땅 속으로 뻗어 난맥을 형성하는 식물을 뜻함. 들뢰즈와 가타리가 이를 철학적 비유로 끌고 와 유연하고 다양하게 변주하면서 새로운 창조의 무한한 가능성을 보여 주는 개념으로 설명했다.

트』이고 일부는 버로우•의 『서쪽 땅The Western Lands』••(독자가 이러한 시대착오를 용납해 준다면―사실 『서쪽 땅』은 『아누비스의 문』이후에 출간되었다)인 리좀•••적인 런던 지하로 납치된다. 파워스가 묘사하는 환영 같은 런던―그가 변주하는 그 종말론적인 생생함에 존 클루트는 『아누비스의 문』을 "템스 강 위의 바빌론 펑크"라고 묘사했다―은 이집트의 다신교적인 주술과 영국 경험주의의 잿빛 실증주의 간 전쟁의 현장이며 여기에는 로마니, 마술적인 복제 인간, 시인, 거지, 행상, 남자 흉내 내는 배우들…이 포함된다.

잠시 후, 도일은 마지못해 자신의 운명을 받아들이게 되며―문학적인 용어로 보자면, SF라는 수단을 빌어 19세기 피카레스크로 밀려 들어가게 되며―집으로 돌아갈 희망을 점차 잃게 된다. 그는 최선을 다해 19세기 인생을 살기로 하고 거지 신세를 벗어날 가장 현실적인 희망은 자신이 전문적인 지식을 보유하고 있는 비주류 시인, 윌리엄 애쉬블레스와 접촉하는 것이라 결론짓는다.

도일은 애쉬블레스••••의 전기 작가에 따르면, 이 미국 시인이 자신의 서사시 '밤의 열두 시간'을 쓰게 될 자마이카 커피 하우스를 아침에 찾아간다. 예정된 시간이 되지만 애쉬블레스는 나타나지 않는다. 기다리는 동안, 도일은

•••• 파워스와 블레이록 작품에 공통으로 등장하는 가상의 시인. 각기 작품에서 이 시인을 등장시켰던 두 작가는 이후 공동 작업으로 애쉬블레스 시선집을 내기 도 했다.

67

처음에는 들떠 있다가 이내 풀이 죽어 하릴없이 기억나는 대로 '밤의 열두 시간'을 적어 본다.

그는 곧 보다 강한 호기심에 사로잡혀 잠시 동안 애쉬블레스를 잊는다. 그 순간, 기이하다기보다는 으스스하게도 도일은 누군가가 비틀스의 '예스터데이'를 휘파람으로 부는 소리를 듣는다, 혹은 들린다고 상상한다. 하루쯤 지나 그 후렴구의 휘파람 소리를 다시 듣고서야 그는 이 19세기 런던에 20세기에서 온 임시 이주자들이 정말로 살고 있음을 확신하게 된다. 그들은 대로우가 보낸 사람들로 개 얼굴의 조를 찾는 일을 맡은 이들이었다. 도일은 그들 중 하나를 만나는데, 그의 이전 학생이었던 배너는 이제 과대망상에 빠져 징징대는 만신창이가 되어 대로우가 자신을 죽이려 한다고 확신한다. 그와 도일은 며칠 뒤 다시 만나기로 하지만, 다시 만날 때 도일은 예전 친구의 행동이 전보다 더 이상해진 것을 발견한다. 도일은 너무 늦게야 그 이유를 알게 된다. 배너의 신체는 개 얼굴의 조에게 탈취된 상태였다. 도일이 이런 사실을 분명히 알게 된 것은 자신이 조에게 버림받은 배너의 신체 안에 있음을 깨달았을 때이다.

마침내 모든 사실이 밝혀지며 도일은 충격에 빠지지만

독자에게는 이 사실이 전혀 놀랍지 않을 테다. 도일이 바로 애쉬블레스다. 혹은 보다 정확히 말하자면, 애쉬블레스는 존재하지 않는다(도일에게는 예외로 하고). 도일은 특정 시기의 '밤의 열두 시간' 원고 상태를 숙고할 무렵에서야 이 사실이 의미하는 바를 완전히 깨닫게 된다.

～～～～～～～～～～～～～

…'밤의 열두 시간'의 처음 몇 줄을 끄적거린 후, 대충 휘갈긴 자신의 글씨체는 원래 글씨체 그대로인 반면, 새로이 왼손으로 쓴 글씨체는 그의 정식 글씨체와 다르게 보인다는 사실을 깨달았을 때 그는 그다지 놀라지도 않았다. 게다가 그 글씨는 낯설지도 않았다. 윌리엄 애쉬블레스의 글씨체와 동일했기 때문이다. 그리고 이제 그 시를 완전히 써 내려가면서 그는 1983년에, 영국 박물관에 이 원고의 사진 슬라이드가 존재한다면, 그가 찍은 모든 마침표며 방점들이 원본과 완벽하게 맞아 들어가리라 확신했다.

원본? 그는 경외감과 불안감이 뒤섞인 채 생각했다. 여기 이 원고 더미가 원본이잖아…. 내가 1976년에 본 것보다 지금이 더 새것일 뿐이지. 하! 이 펜 긁은 자국들이 내가 낸, 아니 낼 자국들인 걸 알았다면 그걸 봤을 때 그렇게 감동받지 않았을 텐데. 초기 원고에서 본 그 기름 자국들은 언제, 어디서, 어떻게 내게 될지 궁금하군.

갑자기 어떤 생각이 그를 스쳤다. 맙소사, 그는 생각했다. 내가 여기 머물면서 애쉬블레스로 살게 되면—이 우주가 꽤나 분명하게 그러길 바라는 것 같은데—그럼 아무도 애쉬블레스의 시를 쓰지 않은 거로군. 나는 '1932년 시 모음집'에서 읽은 그 시들을 기억해서 베껴 쓸 거고, 내가 베껴 쓴 원고들이 잡지들에 실릴 거고, 그 잡지에서 뜯어낸 페이지들을 모아서 그 시 모음집을 만드는 거잖아! 이야말로 자존적인, 무한한 반복이구나! …나는 그저… 심부름꾼이자 관리인에 불과해.

그보다 불운한, 다른 시간대의 친구 『샤이닝』의 잭 토런스처럼, 도일도 언제나 관리인이었다. 여기서 미장아빔*은 기이한 것의 자극을 유발하는데, 자존적인 것과 그러한 것이 존재하게 허용한 뒤얽힌 인과관계 양자 때문이다. (어쩌면 모든 역설에는 기이한 것의 특성이 있는 게 아닐까?)

도일이 맞닥뜨린 애쉬블레스 수수께끼는 그가—어느 단계에서—해결책은 바로 자신이라는 사실을 깨닫자 우스울 정도로 축소된다. "이 펜 긁은 자국들이 내가 낸, 아니 내가 낼 자국들인 걸 알았다면 그걸 봤을 때 그렇게 감동받지 않았을 텐데." 하지만 이런 축소 뒤에는 이내 그 시인에 대한 매혹을 훨씬 능가하는 심오한 공포와 경이(이 시들은 창작되지 않았군!)가 이어진다.

자신이 애쉬블레스가 될 운명임을, 말하자면 자신이 항상 그리고 이미 애쉬블레스였음을 도일이 일단 깨닫고 나자, 그는 딜레마에 직면한다. 그가 우주의 뜻이라 생각하는 것(그가 애쉬블레스로 살기를 '원하는' 것은 '우주'이다)에 맞게 행동할 것인가, 아닌가? 도일이 직면한 문제는 결정론이 의지보다, 심지어 '우주'에 속하는 의지보다 훨씬 더 견고하다는 것이다. 그로서는 자신이 애쉬블레스로서 하게 될 모든 행위가 이미 일어난 일이었다는 것을 받아들이기가 불가능하다. 이런 사실이 직시될 수 없음을 의미하는 장벽은 선험적이다. 그런 주관성은 상황이 달라질 수도 있다는 착각을 전제로 한다. 주체가 된다는 것은 자신을 결코 자유롭지 못한 존재로는 생각할 수 없다는 말이다. — 설사 자신이 그렇지 않다는 사실을 잘 알고 있더라도 말이다. 도일의 전제를 지지하는 것은 명백히 즉흥적으로 떠오른 '다른 과거'라는 가설이다. 상황이 이미 기록된 애쉬블레스 전기에 어긋날 가능성을 열어 두기 위해서, 도일은 자신이 어떻게든 자신이 본 기록과는 '다른 과거'로 건너갔다는 가능성을 억지로 고려한다. 하지만 최대의 역설은 도일이 그런 식으로 '다른 과거'를 상정하는 것이 단지 이미 벌어진 일에 일치하게 행동한다는 점을 확인시켜 줄 뿐이라는 것이다. 애쉬블레스는 이미 그랬듯 영웅이, 결코 위협받은 적이 없는 질서를 회복한 이가 된다. 모든 것이 항상 있었던 자리에 있게 된다. 이제야, 도일과 독자들도 알겠지만, 기이한 무언가 벌어진 것이다.

가상세계와 세계의 와해:
라이너 베르너 파스빈더와 필립 K. 딕

◇

이상한 루프들은 또 다른 형태의 기이한 효과를 자아낸다. 여기서 이상한 루프들이란, 앞 장에서 논했던 유형의 타임루프 이야기처럼 단순히 인과관계가 뒤엉키는 것뿐 아니라 존재론적인 수위의 혼동을 말한다. 브라이언 맥헤일은 자신의 『포스트모더니즘 소설Postmodernism Fiction』에서 상당 분량을 이런 혼돈을 분석하는 데 할애한다. 존재론적으로 '열등'한 단계에 있어야만 하는 것이 갑자기 상위 단계에 나타나거나(가상 세계에서 온 캐릭터들이 갑자기 그 가상 세계를 제작하는 세계에 나타남), 혹은 존재론적으로 '우월'한 단계에 있어야 하는 것이 하위 단계로 나타난다(자신의 캐릭터와 상호작용하는 작가들). 에셔의 이미지들은 이 이상하게 순환되는 역설적인 공간들의 전형적인 예가 된다. 이런 에셔스러운 효과에는 분명 기이함이 존재하며, 이는 결국 근원적으로 무언가 잘못되었다는 감각과 관련된다. 단계들은 뒤엉키고, 사물은 있어야 하는 곳에 있지 않다.

　　맥헤일이 우리가 곧 살펴보게 될 딕을 언급하기는 하지만, 그가 논하는 텍스트들 상당수는 이런 세계 간의 혼동을 문학적인 메타픽셔널 기록이라 표현한다. 이제부터 기이함을 강조하는 방식으로 가상으로 만들어진, 혹은 삽입된 세계에 대한 질문을 다루는—SF 장르 언저리에 있는—두 작품을 논하고자 한다.

　　먼저 1973년에 서부독일방송 공영 텔레비전 채널을 위해 제작된 2부작 드라마 〈와이어 위의 세상Welt am Draht(World on a wire)〉을 보자. 이 드라마는 대니얼 F. 갤로이의 SF 『시뮬라크론-3Simulacron-3』를 토대로 다름 아닌 라이너 베르너 파스빈더•가 제작했다.

　　오프닝 신 중 하나는 거울에 초점을 둔다. 이 작은 거울을 동료들의 얼굴 앞에 광적으로 흔들면서, 분명 정신이 이상해 보이는 시뮬라크론 프로젝트의 수장 볼머 교수는 이렇게 말한다. "당신들은 다른 사람들이 당신들에 대해 품는 이미지일 뿐이야." 이 프로젝트는 컴퓨터를 기반으로 하는 세계를 창조했으며, 그 세계에는 자신들이 진짜 인간이라고 믿는 '아이덴티티 유닛'이 거주한다. 볼머가 죽고, 그 자리를 대체한 프로그래머 스틸러는 이내 볼머를 광기로 몰고 간 수수께끼에 사로잡히게 되는데—그것은

그들의 '진짜 세계' 역시 저 위의 '보다 진짜인' 세계의 엔지
니어들이 만든 가상 세계라는 것이다.

드라마에 나타난 주변 사회 장면들도 우리는 어떤 존재
라 지각되는 것일 뿐이라는 볼머의 관점을 확인시켜 주는
듯 보인다. 여기에서는 거의 모든 장면들이 반사적인 표
면으로 그려진다. 가장 인상적인 장면들은 반영이 또 반
영되며 무한히 회귀하는 복제를 보여 주는 장면이다. 군
중이 모인 장면에서 배경의 인물들은 마치 연극을 보는 관
객처럼 호기심 어린 채 들뜬 부동성을 취한다. 초반 한 장
면은 1970년대 초 브라이언 페리의 앨범 재킷—사회적으
로 용납되지 않는 퇴폐적 분위기에서, 경제적으로나 문화
적으로 엘리트인 이들이 모델처럼 어슬렁거리거나 관음
증 환자처럼 빤히 보면서 수영장 근처에 서성거리고, 수영
장에서 반사된 조명이 당시로서는 초현대식 인테리어 위
에서 춤을 추는—을 떼어내서 삽입한 것만 같다.

타르코프스키의 SF〈솔라리스Solaris〉와〈잠입자Stalker〉
(후에 우리가 논하게 될)와 상당히 유사하게도, 특정 SF 관습
에서 벗어난 파스빈더의 일탈이야말로〈와이어 위의 세
상〉에 특별한 자극—특히〈스타워즈〉와〈매트릭스〉로 이
어지는—을 부여한다. 후자의 두 영화가 그 특수 효과로

정의되었던 반면, 〈와이어 위의 세상〉에는 딱히 언급할 만한 시각적 효과가 없다. 가장 튀는 '효과'는 깜짝 놀라게 하는 라디오포닉 워크숍Radiophonic Workshop*마냥 지글거리며 뿜어 나오는 전자 음악으로, 파스빈더의 양식화된 자연주의를 현실 그 자체에 난 균열처럼 파고든다.

〈와이어 위의 세상〉에서 이상한 루프는 '인공두뇌학과 미래 과학을 위한 기구'의 인간들이 가상 세계 인간들과 직접적으로 소통하기 위해 이용하는 시뮬라크론 내의 아이덴티티 유닛인 '아인슈타인'에 의해 생성된다. 이 소통 기능을 수행하려면, 아인슈타인은 자신이 시뮬레이션이라는 사실을 깨달아야만 한다. 하지만 이런 깨달음은 불가피하게도 '진짜' 세계로 올라서고자 하는 욕망을 야기하고, 넌지시 암시되는 바, 이런 욕망은 결코 충족될 수 없다.

〈와이어 위의 세상〉이 묘사하는 존재론적인 공포―우리 세계가 가상의 세계란 말인가?―는 필립 K. 딕을 각색한 작품들과 그 모방작들 덕에 매우 친숙하다. 그러나 필립 K. 딕의 소설을 각색한 작품이 아님에도 불구하고, 〈와이어 위의 세상〉은 세 개의 중첩되는 세계 각각을 동일하게 칙칙한 세계로 그려낸다는 점에서 딕 작품을 공식적으

로 각색한 수많은 작품들보다 딕 작품 특유의 풍자적인 신
랄함을 더 많이 공유하고 있다. 우리는 사실 '하위' 세계(시
뮬라크론 내부의 세계)와 '상위' 세계(우리가 처음 현실이라 생각
한 세계에서 한 단계 위의 세계)를 거의 볼 수 없다. 우리가 보
게 되는 하위 세계라곤 언뜻 보이는 호텔 로비들과 대형
트럭 운전석 안뿐이다. 하지만 가장 놀라운 것은 이 영화
의 절정에서 드러나는─혹은 드러나지 않는─상위 세계
이다. 어떤 그노시스•적인 변신을 보이는 대신, 극히 따분
한 사무용 건물에 있는 회의실처럼 보이는 방이 나타난
다. 처음에는 전자 블라인드가 내려져 있어, 순간이나마
블라인드가 올라가기만 하면 어떤 경이로운─혹은 적어
도 이질적인─세상이 눈앞에 펼쳐질 법한 일말의 가능성
을 유지한다. 하지만 마침내 블라인드가 올라갈 때 우리
앞에 보이는 것은 고작 똑같은 잿빛 하늘과 도심 풍경일
뿐이다. 스틸러─이제는 그 이름에 특별한 의미가 있음
을 추정케 하는─는 자신의 공공연한 목표('상위 세계로 올
라오기')를 성취했지만, 그럼에도 그는 '이동되지' 않는다.
제논••적인 상황은 기이한 욕구에 수반되는 존재론적 고
뇌의 형태─〈인셉션〉에서 멜을 파괴하는 고통의 전조─
로 남아 있다. 즉, 일단 자기 세계에 대한 스틸러의 믿음이

흩어지면 그 어떤 현실도 완전히 믿을 수 없게 된다.

세 개의 세계 간의 차이점은 경험(캐릭터의 경험이든 시청자의 경험이든 간에)이라는 차원에서는 접근할 수 없으며, 마치 파스빈더가 〈와이어 위의 세상〉에서 다르코 수빈•이 SF를 '인지적 소외'에서 오는 예술이라 정의한 바에 완벽하게 들어맞는 무언가를 생산한 것만 같다. 스틸러는 주변 사람들 모두 현실이라 받아들이는 세계의 꾸며진(가상으로 만들어진) 본성을 점점 깨닫게 되면서 인지적인 소외가 너무나 강렬해져서 정신 분열 상태에 이른다. 그가 경험한 내용은 모든 면에서 변함이 없다. 하지만 지금은 그 모든 것이 시뮬레이션으로 분류되기에 그가 정신적인 변형을 겪게 되는 것이다. 다만 딕의 소설이 흔히 그렇듯이, 정신병이라는 상태는 또한 진실이 깃든 상태이기도 하다.

여기서 '인지적 소외'는 기반 혹은 기준으로 적용할 수 있는, 안전하며 궁극적으로 사실이라 증명된 어떤 '근본적인' 표준이 있다는 감각이 심연으로 사라져 가는 것, 즉 세계의 와해라는 형태를 취한다. 영화는 인지적 기이함이라 부를 수도 있는 무엇을 야기하는데, 여기서의 기이함은 직접 목격하거나 경험할 수 없다. 이 기이함은 영화의 형식적인 사실주의에서 현실감을 완전히 제거함으로서 야기

● 도시가 고유의 정취를 잃고 디즈니랜드처럼 관람지로 변해 간다는 뜻의 조어로 1991년 피터 팔론 뉴욕대 교수가 처음 사용했다.
●● 현실에 실제 존재하는 것을 인식하지 못하는 상태.

되는 인지적 결과이다.

1959년에 출간된 필립 K. 딕의 『어긋난 시간Time Out of Joint』은 이와 유사하게 사실주의가 소외된 형태를 보일 뿐 아니라 또 다른 유형의 와해된 세계를 제시한다. 이 소설에서 딕이 공들여 '사실적인' 미국의 작은 마을을 구성해내는 방식은 실로 뛰어나다. 디즈니랜드가 처음 문을 연 지 2년 만에—딕은 LA에 있는 이 놀이공원을 종종 방문한 듯하다—소설은 문학적 사실주의를 일종의 디즈니피케이션*처럼 다룬다. 딕이 구사하는 전형적인 존재론적 현기증의 순간, 소설에서 공들여 묘사된 작은 마을은 결국 판지로 앞면만 만든 건물, 최면적인 암시, 부적 환각**들의 복잡한 시스템이었음이 밝혀진다(부적 환각이라는 문제는 이후에 다시 살펴볼 것이다). 그 결과는 SF만큼이나 비평적인 메타픽션의 측면에서도 쉽사리 읽힐 수 있다. 이를테면 동일한 유형의 시스템이 아니라면, 사실주의 소설에서는 어떤 배경을 취할까? 작가들이 이런 가상 세계라는 기법과 동일한 문학적 장치를 쓰지 않는다면, '사실적인 효과'는 어떻게 성취할 수 있나? 이렇게 보면, 『어긋난 시간』에서 사실주의라는 장치는 특수효과로 다시 설명된다.

소설에서 기이한 감각은 세계 간의 충돌로 야기되는 것이 아니라 '사실적인' 세계가 '와해된 세계'로 변화하는 과정에서 발생한다. 시뮬레이션으로 격하된 이후, 사실적인 세계는 침입을 받는다기보다 삭제된다. 소설 속에서 작은 마을 전체를 대상으로 한 시나리오는, 주인공이 소소한 신문사 콘테스트에 참여하고 있다고 생각하게 하여 부담감이 큰 군사적 작업을 수행할 수 있도록 마련된 하나의 책략이자 편안한 환경 조성을 위한 일환으로 기획된다. 그러나 SF적인 요소들은 딕이 자연주의적인 방식으로 50년대 미국을 성공적으로 묘사하게끔 하는 구실이었음이 분명하다. 그 요소들은 『어긋난 시간』이 딕의 순수한 사실주의 소설은 실패했던 지점에서 성공할 수 있도록 판을 깔아주는 장치였다.

『포스트모더니즘Postmodernism』, 혹은 『후기 자본주의의 문화적 논리The Cultural Logic of Late Capitalism』에서 제임슨은 『어긋난 시간』이 불러일으키는 향수에서 특정한 고통을 포착한다. 딕은 마지막에 그가 쓰는 시대의 전형적인 이미지들을 총총히 쏟아내면서 현재에 대한 향수를 획득한다.

아이젠하워 대통령의 뇌졸중, 미국의 메인 스트리트, 마릴린 먼로, 이웃들과 학부모회들로 구성되는 세상, 작은 작은 가게들(상품을 바깥에 진열하는), 가장 선호하는 TV 프로그램들, 옆집 주부와 나누는 가벼운 희롱들, 게임 쇼와 각종 대회들, 바로 머리 위에서 빙빙 도는 스푸트니크 위성들, 여객기인지 비행접시인지 분간하기 어려운 창공에서 그저 깜박이는 불빛들.

(먼로는 실제로 가상의 작은 마을이 흐트러지기 시작하게 이끄는 변칙들 중 하나로 등장한다. 그녀는 재구성된 1950년대 세상에 포함되지 않았지만, 주인공이 '도시 경계 바깥'의 버려진 땅에서 부패한 잡지들, 우리 세계의 50년대 유물들을 발견할 때 그 앞에 드러나게 되기 때문이다.)

뛰어난 것은 딕이 1959년에 이미, 이후에 돌아볼 때 해당 시대를 정의하게 될 50년대 미국의 전형적인 특색들을 알아볼 수 있었다는 점이다. 감탄해야 하는 지점은 미래를 투사하는 딕의 기술이 아니라—이 소설에 나오는 1997년은 일반적인 SF적 비유들로 조제되었고, 그 안에 삽입된 외관상 가공의 50년대 세상보다 훨씬 설득력이 떨어진다—그 미래가 50년대 사람들을 어떻게 보게 될지 상상하는 능력이다. 그가 그리는 50년대는 이미 테마파크처럼, 대망의 복원물로 보인다. 딕이 세운 가상의 작은 마을은 20세기 초에 대한 디즈니의 기억처럼 키치적이진 않지만, 제임슨이 자연주의의 '양배추 냄새'라 부르는 바로 그것이 부여되어 있다.

> 행복의 빈곤함, …마르쿠제*가 말하는 가짜 행복, 새 차와 TV를 보며 먹는 저녁 식사와 소파에 앉아 가장 좋아하는 프로그램을 보는 것―그것들은 이제 은밀히 비참함, 불행함이 되지만 스스로 그 이름을 알지 못하며, 진정한 만족, 충만과 별개로는 스스로를 설명할 수 없으니, 이는 아마도 그것들을 실제로 접해 본 적이 없기 때문일 것이다.

이 미온적인 세계에서는, 소소한 불만은 소박한 관점, 냉장고니 텔레비전이니 기타 내구 소모재가 주는 흐릿한 불안 속에 감춰진다. 이 비참한 세계―비참함 그 자체가 이 세상의 타당성에 기여하고 있는―의 생동감과 타당성은 그 지위가 가상 세계의 그것으로 하향될수록 왠지 더 강렬해진다. 그 세계는 가상의 시뮬레이션이지만 여전히 진짜처럼 느껴진다.

•계시나 통찰의 순간을 상징적으로 묘사하는 수법이나 작품.

딕의 작품에서 가장 강력한 구절들은 존재론적 공백을 담고 있는 부분이다. 충격적인 세계의 와해는 아직 서술적인 동기가 부여되지 않았고 미해결 상태의 공간은 또 다른 상징 체계로 재병합되기를 기다린다. 『어긋난 시간』에서 그런 단절은 일상적 자연주의의 따분한 대상들로 보이는 것들—주유소와 모텔—에서 특출한 정경의 형태를 취하는데, 마치 나니아 숲 가장자리에 위치한 가로등의 부정적인 형태처럼 작용한다. 루이스의 가로등과 달리, 이 대상들은 새로운 세계로 넘어서는 문턱을 표시하지 않는다. 대신 그것들은 현실이라는 사막, 모든 허구의 세계 너머 텅 빈 공간으로 향하는 길에 있는 기항지들을 형성한다. 마을 경계에 위치한 주유소에 초점이 맞춰질 때, 문학적 사실주의에서 나온 배경 설비들이 문득 어렴풋하게 전경에 나타나고, 객관적 에피파니•의 순간이 오며, 이 순간 지엽적인 시각적 익숙함은 이질적인 무엇으로 변모한다.

주택들은 점점 드문드문해졌다. 트럭은 주유소들, 지저분한 카페들, 아이스크림 판매대들, 모텔들을 지나쳤다. 줄줄이 늘어선 황량한 모텔들… 레이글은 생각했다. 이미 수천 킬로미터를 지나와 막 낯선 마을로 들어선 것만

같다고. 자신이 사는 도시 외곽에 줄지은 주유소들— 할
인하는 주유소들/특가 주유소들— 이며 모텔들만큼 이
질적이고 암울하며 불친절한 것은 없다. 당신은 자신이
사는 그 도시를 알아보지 못한다. 그리고 동시에, 그 도
시를 가슴에 품어야 한다. 그저 하룻밤 동안이 아니라
당신이 사는 그곳에 살기로 작정한 동안 내내. 하지만
우리는 더 이상 여기 살 마음이 없다. 우리는 떠난다. 영
원히.

이는 마치 에드워드 호퍼가 베케트•로 전환되는 듯한
풍경이다. 자연주의적인 풍경이 텅 빈 단조로움으로, 인적
은 없지만 여전히 산업적이며 상업적인, 극도로 절제된 반
(半) 추상적인 공간으로 전환되는 것만 같다. "마지막 교차
로, 도심지 외곽에 구획 지어졌던 각종 산업들에 종사하던
작은 도로, 기찻길…. 그는 움직임이 멈춘 무한히 긴 화물
기차를 보았다. 공장들 위로 솟은 탑들에는 생산이 중단
된 화학 약품이 담긴 통들이 쌓여 있었다." 이는 마치 딕이
문학적 사실주의라는 기구와 부품들을 서서히 걷어내면
서 몇 페이지 앞에서 묘사했던 세계의 와해를 위한 길을
내려는 것만 같다 :

본질을 대신하는 허허로운 외형, 해는 실제로 빛나지 않고, 낮은 실제로 전혀 따스하지 않을 뿐더러 차갑고 음울하고 조용히 비가 내리고 또 내리며, 빌어먹을 재가 온 사방에 가득하다. 풀떼기라고는 새까맣게 탄 그루터기나 부러져 나온 것뿐. 오염된 물이 찬 웅덩이들…. 뼈만 남은 생명, 하얗고 연약한 허수아비가 십자가 형태로 버티고 있다. 웃으면서. 뻥 뚫린 구멍이 눈을 대신한다. 이 세계 전체가 (…) 그 구멍으로 보인다. 나는 그 안에서 밖을 보고 있다. 그 틈으로 엿보이는 것은—텅 빈 공허이다. 그 눈을 마주 보고 있는 공허.

커튼과 구멍:
데이비드 린치

◇

데이비드 린치의 최근 영화 두 편—〈멀홀랜드 드라이브〉
와 〈인랜드 엠파이어〉—은 예민하고 조밀한 종류의 기이
함을 선보인다. 〈블루 벨벳〉(1986)과 텔레비전 시리즈인
〈트윈 픽스〉•(1990~1991, 시즌 3가 현재 제작 중인)를 포함해
서 린치의 초기작은 종종 당혹케 하면서도 일견 표면적으
로 일관성 있어 보인다. 영화와 티비 시리즈 모두—최소
한 초기에는—이상화된 전형적인 미국의 작은 마을(딕의
『어긋난 시간』에서 묘사된 마을과 다르지도 않은)과 다채로운 기
타 세계 혹은 지하 세계(범죄, 오컬트) 간의 대립을 둘러싸고
구성되어 있다. 두 세계 간의 구분은 린치의 작품에서 흔
히 되풀이되는 시각적 모티브들 중 하나인 커튼으로 드러
나곤 한다. 커튼은 감추기도 하고 드러내기도 한다(그리고
우연이 아니게도, 커튼이 감추고 드러내는 것들 중 하나는 바로 영
화 스크린 자체이다). 커튼은 단순히 문턱을 나타낼 뿐 아니
라 스스로 문턱을, 외부 세계로의 출구를 구성한다.

　2001년 상영된 〈멀홀랜드 드라이브〉에서는 〈블루 벨

벳)과 〈트윈 픽스〉의 기반이 되었던 안정적인 대립성이 무너지기 시작했다. 의심할 바 없이, 이는 부분적으로 작은 마을이라는 배경에서 벗어나 새로이 LA로 초점이 맞춰지기 때문이다. 꿈과 몽상에 대한 린치의 관습적인 집착은 꿈의 공장 할리우드에서 계획되고 제조되는 꿈들 덕에 굴절되고 강화된다. 할리우드라는 배경은 삽입된 세계들 ─영화 안의 영화(그리고 아마도 영화 안의 영화 안의 영화들), 스크린 테스트, 연기된 역할, 판타지를 증식시킨다. 삽입된 것들은 제거될 가능성을 내포하고 있다. 마치 열등한 존재론적 단계에 있던 무엇이 자기의 종속적인 위치에서 벗어나 상위 단계와 동일한 지위를 요구할 조짐을 보이는 것처럼. 꿈속에서 벌어진 허구의 일들이 깨어 있는 삶으로 넘어온다. 스크린 테스트 속 장면들은 주변의 아마도 실제 세계일 장면들과 맞바꿀 만큼 설득력 있어 보인다. 그러나 〈멀홀랜드 드라이브〉─화면에 나타나는 제목은 Mulholland Dr.로, Mulholland Dream을 암시한다─에서, 그 압도적인 경향은 정반대로 방향을 튼 듯이 보인다. 꿈이 현실로 받아들여지는 것이 아니라 마치 분명한 현실이 꿈으로 함몰되는 것 같다. 다만, 어쨌든 누구의 꿈이란 말인가?

〈멀홀랜드 드라이브〉에 대한 '전형적인' 해석은 영화의 처음 반이 별 볼 일 없는 배우 다이앤 셀윈(나오미 왓츠)의 공상/꿈이며, 영화의 나머지 절반에 그녀의 실제 삶이 그 모든 누추함까지 속속들이 묘사되었다는 것이다. 영화의 첫 부분에서는, 베티가 기억상실증에 걸린 갈색 머리 여자(로라 혜링)—살인 미수 사건의 피해자—가 자신이 누구인지 찾을 수 있도록 돕고 있다. 갈색 머리 여자는 자기 이름을 영화 포스터에서 본 이름, 리타 헤이워스를 따서 '리타'라고 붙이고, 그녀와 베티는 연인이 된다. 영화의 후반부에서 '리타'는 이제 성공한 배우 카밀라이며 할리우드의 비참한 아파트에 거주하는, 실패한 데다 지쳐 버린 다이앤이 지독히 질투하는 대상이다. 다이앤은 자살을 시도하려는 듯 보이지만 그전에 청부업자를 고용해서 카밀라를 죽이려고 한다. 전형적인 해석에 따르면 배우 지망생인 베티—작은 마을에서 왔을 뿐 아니라 과거에서 온 듯한(그녀는 이제 막 지르박 대회에서 우승했다!)—는 셀윈이 생각하는 자신의 이상적인 모습이다. 〈블루 벨벳〉과 〈트윈 픽스〉의 기반이 되었던 이상향의 공간과 지하 세계(들) 간의 대립이 이제 두 페르소나 간의 대립이 된 것이다. 순진한 작은 마을 출신 베티 대(對) 닳고 닳은 LA 거주자 다이앤이라는.

● 영화 후반부에서 카밀라와 다이앤은 연인 사이지만, 카밀라가 감독과 연인이 되면
서 다이앤을 떠난다.

'할리우드의 이중적인 꿈'이라는 온라인 리뷰에서, 티모
시 타케모토는 이 전형적인 해석의 한 가지 문제점은 영화
의 후반부 역시 전반부와 매한가지로 꿈처럼 느껴지며 멜
로드라마적인 비유들로 가득하다는 점이라고 지적했다.
"할리우드의 허름한 아파트에 사는 여자가 유명 감독과 결
혼할 예정인 영화배우와 정사를 벌이다니 말이 되는가?
살인청부업자를 고용할 돈은 어디서 얻나?" 타케모토의
관점은 영화의 전반부와 후반부 모두가 꿈이라는 것이다.
다이앤은 이 꿈을 꾸는 주체가 아니며, "실제 꿈을 꾸는 이
는 어딘가 다른 곳에 존재"하고, 베티/다이앤과 리타/카밀
라는 모두 이 (보이지 않는) 꿈꾸는 자의 분열된 정신의 파
편들이다.

이런 관점이 옳든 그르든, 나는 〈멀홀랜드 드라이브〉에
는 특별한 관심을 부여할 가치가 있는 장면이 둘 있다는
타케모토의 주장은 옳다고 생각한다. 식당을 배경으로 하
는 꿈에 관한 장면과 클럽 실렌시오에서의 장면(아마도 영
화 전체에서 가장 강력한 순간)이다. 식당 장면에서는, 댄이라
불리는 남자가 정신과 의사로 보이는 누군가에게 자신이
두 번 꾼 꿈에 대해 얘기하고 있다. 그 꿈은 그들이 현재
앉아 있는 바로 그 식당(선셋 대로에 있는 윙키스 식당)을 배경

으로 한다. 그 꿈에서, 댄은 식당 뒤 후미진 공간에 숨은, 검댕이 묻고 흉터 있는 얼굴을 한 인물에게 공포를 느낀다. 그 꿈의 위력을 물리치고자 두 남자는 식당 뒤로 걸어가는데―그곳에는 흉터 있는 인물이 기다리고 있고, 댄은 쓰러진다. 기절했을 수도, 죽었을 수도 있다.

역설적으로 매혹적인 클럽 실렌시오에 들어서는 장면은 영화의 두 부분 사이에서 출입구로 기능한다. 빨간 커튼이 드리워진 클럽 실렌시오는 분명 문턱의 공간이다. 베티와 리타는 그 클럽에 들어서지만 그곳에서 적절하게 빠져나오지는 못한다. 후에 그들은 다이앤과 카밀라로 대체/교체된다. 내가 그 장면을 역설적으로 매혹적이라 묘사한 이유는 그 장면이 표면적으로는 분명해 보이기 때문이다. 마그리트의 '이것은 파이프가 아니다•'의 영화적 기법처럼, 클럽 실렌시오의 공연은 우리가 목격하는 것이 환상이라고 말하는 동시에, 우리가 이를 환상으로 치부할 수 없으리라는 점을 보여 준다. 클럽 실렌시오의 주인, 마술사이자 사회자 같은 인물은 관객(클럽 실렌시오에 있는 사람들뿐 아니라, 〈멀홀랜드 드라이브〉를 보는 사람들)에게 반복해서 말한다. "밴드는 없습니다. 모두 녹음된 거예요. 모두 테이프일 뿐. 환상이지요." 붉은 커튼 뒤에서 한 남자가 출현한

• 무의식적으로 벌어지는 자동적일 활동, 행위.

다. 약음기를 단 트럼펫을 연주하는 듯 보이지만, 입술에서 트럼펫을 떼는데도 음악은 계속된다. 가수 레베카 델리오가 로이 오브리슨 버전의 '크라잉'을 격한 감정을 담아 전달하는 듯 보일 때, 우리는 그 노래의 힘에 매혹된다. 그래서 델 리오가 쓰러졌는데도 노래가 계속될 때, 우리는 충격을 받을 수밖에 없다. 우리 안의 무언가 이 노래를 진짜로 받아들이기를 호소한다.

환상을 다루는 영화 역사상 클럽 실렌시오 장면보다 거짓된, 의도를 감추는 장면은 없다. 우리가 보고 듣는 것—영화 그 자체—은 다름 아닌 기록이다. 가장 평범한 차원에서 보더라도 이는 '영화라는 마법'이 감추어야만 하는 물질적 구조이다. 그럼에도 그 장면은 이와는 다른 논거들을 추구한다. 이 장면은 우리의 주관성에 작용하는 오토마티즘*을 지적한다. 우리가 실렌시오의 환상들(또한 영화가 제시하는 환상이기도 한)에 속수무책으로 빠져드는 한, 우리는 우리를 매혹시킨 바로 그 기록이나 마찬가지다. 그러나 이런 환상들은 단순한 속임수를 능가하는 무엇이다. 식당의 댄 장면처럼, 클럽 실렌시오 장면은 꿈과 '환상' 들이 일반적으로는 직면할 수 없는 실재에 이르는 도관이라는 점을 상기시킨다. 꿈은 유아론적인 내적 공간일 뿐 아니라, 외부 세계로 향하는 '붉은 커튼'이 열릴 수 있는 영역이기도 하다.

궁극적으로, 〈멀홀랜드 드라이브〉는 말이 되도록 만들어지지 않은 무엇이라 보는 편이 가장 적합할지도 모른다. 그렇다고 모든 해석이 가능할 정도로 만만하게 생각해야 한다는 말은 아니다. 그보다는, 영화의 난해함이나 막힘을 해결하고자 하는 모든 시도는 결국 영화의 이상함, 영화의 형식상 기이함을 사라지게 할 뿐이라는 말이다. 여기서의 기이함은 부분적으로는 전형적인 할리우드 영화의 '잘못된' 버전처럼 느껴지는 방식에서 야기된다. 로저 에버트가 말한 그대로다. "이 영화에 해답은 없다. 어쩌면 미스터리조차 존재하지 않을지 모른다." 〈멀홀랜드 드라이브〉는 미스터리가 낳은 환상일지도 모른다. 클럽 실렌시오에서 그 공연들이 지닌 환상적인 본질을 간과하길 강요당한 것과 같은 방식으로, 우리는 이 영화를 해결할 수 있는 수수께끼로 취급하도록, 그 '잘못됨'을, 그 난감함을 간과하도록 강요당하는 것이다.

린치의 2006년 영화 〈인랜드 엠파이어〉에서는 〈멀홀랜드 드라이브〉에서 보았던 어긋남, 모순, 수수께끼들이 더 이상 쉽게 다룰 수 있으리라는 기대조차 할 수 없는 지점

까지 강화된 듯하다. 수많은 영화들을 언급함에도 불구하
고, 〈인랜드 엠파이어〉는 그 어떤 할리우드적 사례와도 닮
지 않았다. 기이한 것이 근원적으로 문턱에 대한 것이라
면, 〈인랜드 엠파이어〉는 주로 출입구로 구성된 듯 보이는
영화다. 〈인랜드 엠파이어〉에 대한 가장 뛰어난 해석은 영
화의 미로와 같이 얽힌, 토끼굴 같은 구조를 제대로 강조
한다. 하지만 이에 수반되는 공간은 단순히 물리적이라기
보다는 존재론적이다. 영화에 등장하는 각 통로들―〈인
랜드 엠파이어〉에는 린치 특유의 통로들이 아주 많이 등
장한다―은 잠재적으로 다른 세계로 통하는 문턱이다.
그러나 그 어떤 캐릭터―이 말은 〈인랜드 엠파이어〉에서
스쳐가는 형체들이며 환상들, 파편들에 적용하기에는 터
무니없이 부적절해 보이지만―도 자신의 본성을 바꾸지
않고는 이 다른 세계들로 건너갈 수 없다. 〈인랜드 엠파이
어〉에서 당신은 어디건 당신이 스스로를 발견하게 되는
그 세계에 존재하게 된다.

영화에서 지배적인 모티브는 또 다른 유형의 문턱, 구
멍이다. 실크 천에 난 담배 구멍, 장으로 이어지는 질 벽에
있는 구멍, 드라이버로 배에 뚫린 구멍, 토끼 굴, 기억 속
의 굴들, 서술되는 굴들, 확고한 무(無)로서의 구멍들, 틈

이면서 터널들, 지옥 같은 리좀 구조로 어느 부분에서건 잠재적으로 다른 부분으로 무너져 내릴 수 있는 연결 장치들. 담배 구멍은 영화의 전반적인 정신병적 배치에 대한 비유로 기능한다. 실크 천에 뚫린 구멍은 카메라의 이미지이며, 그 두 개의 구멍은 지켜보는 눈을 나타내고, 〈인랜드 엠파이어〉에서 그 시선은 언제나 관음증적이며 불완전하다.

　〈인랜드 엠파이어〉에서, 세계의 출혈은 너무 심각해 우리는 뒤엉킨 체계에 대해서는 더 이상 논할 수 없이 만성적인 존재론적 함몰에 종속된 영역만 논하게 된다. 영화는 처음엔 〈우울한 내일의 환희On High in Blue Tomorrows〉라 불리는 영화에서 수라는 캐릭터를 연기하는 배우 니키 그레이스(로라 던)에 대한 것으로 보인다. 하지만 이런 페르소나도, 수를 니키보다 '덜 사실적으로' 다루는 체계도 안정적이지 않다. 영화가 끝나갈 무렵 수는 니키를 포괄하는 듯 보이며, 〈우울한 날의 환희〉라 불리는 영화 속 인물이 아닌 듯 보인다. '주체성 없는 성찰', 무의식을 완벽하게 설명하는 이 문구야말로 〈인랜드 엠파이어〉의 난해함에 꼭 어울린다. 니키 그레이스가 연기하는, 그리고 그레이스가 영접하는(혹은 해체하는) 다른 페르소나 무리들은 해석되지 않는 아바타들 같다. 해결을 전혀 기대할 수 없는 것(그들에게 아니라면, 적어도 우리에게는)이 분명한데도 미스터리로 취급할 수밖에 없는 구멍들처럼.

"이야기 속에서 무언가 나왔어." 우리는 니키 그레이스의 영화 속 영화인 폴란드 영화가 리메이크되고 있다는 얘기를 듣는다. 〈인랜드 엠파이어〉—종종 모든 확고한 현실성을 벗어나 부유하는 꿈속 장면들이 이어지는 것처럼, 꿈을 꾸는 주체는 없이 꿈이 지속되는 것처럼(사실상 모든 꿈들이 그러한데, 무의식은 주체가 아니기 때문이다) 보이는—에서는, 어떠한 틀도 확고하지 않으며, 어딘가에 끼워 넣고자 하는 모든 시도는 실패한다. 영화의 수수께끼들을 심리학적으로 풀어 보고자 하는 유혹(즉 영화에 나타난 변칙들을 하나 혹은 그 이상의 캐릭터들의 혼란스러운 정신 상태에서 나온 환영이라 보고자 하는 시도)은 물론 지대하지만, 이를 거부해야만 영화의 고유한 특색에 진실할 수 있다. 영화의 결정적인 열쇠를 찾으려면 영화 내부(캐릭터들)를 들여다보는 대신, 그 어떤 내부 공간도 안전이 보장되지 않고, 외부 세계로 나가는 출입구가 사실상 어디서건 열릴 수 있는 〈인랜드 엠파이어〉의 기이한 구조 속 이상한 흔적이며 굴, 통로를 따라가야만 한다.

으스스한 것 THE EERIE

으스스한 것에 접근하기

◇

으스스한 것이란 정확히 무엇인가? 그리고 으스스한 것에 대한 고찰이 어째서 중요한가? 기이한 것과 마찬가지로 으스스한 것은 그 자체로 특정한 미적 경험으로서 다룰 가치가 있다. 이런 경험은 분명 특정한 문화적 형태에 의해 촉발되지만, 그런 문화적 형태 내에서 생성되는 것은 아니다. 특정한 이야기, 특정 소설, 특정 영화가 으스스한 느낌을 불러일으킨다고 말할 수도 있겠지만, 이런 감각은 문학이나 영화의 산물이 아니다. 우리는 기이한 것과 마찬가지로 으스스한 감각 역시 특정한 형태의 문화적 성찰 없이도 '날것으로' 접할 수 있으며 실제로 종종 접하고 있다. 예를 들어 으스스한 감각이 특정한 물리적 공간과 풍광에 들러붙어 있다는 것에는 의심의 여지가 없다.

으스스한 것이 풍기는 느낌은 기이한 것이 주는 느낌과 전혀 다르다. 이런 차이점을 가장 단순하게 이해하는 방법은, 존재와 부재 사이의 (극히 추상적인) 대립—아마도 이 것이야말로 모든 것의 가장 근원적인 대립일 것이다—에 대해 생각해 보는 것이다. 우리가 이미 알아봤듯이, 기이한 것은 존재—어울리지 않는 존재—로 구성된다. 기이한 것은 어떤 경우(러브크래프트가 집착했던 경우들) 터무니없이 과도한 존재, 형용할 수 없이 우글거리는 것으로 특징지어진다. 이와 대조적으로, 으스스한 것은 부재의 오류 혹은 존재의 오류로 구성된다. 으스스한 감각은 아무것도 없어야 하는 장소에 무언가 존재할 때, 혹은 무언가 있어야만 할 때에 아무것도 존재하지 않을 때 발생한다.

사례를 들어보면 이 두 가지 유형을 쉽게 이해할 수 있을 것이다. '으스스한 비명'이라는 개념—종종 으스스한 것의 사전적 정의에서 인용되는—은 첫 번째 으스스한 유형(부재의 오류)의 사례이다. 새의 울음소리는, 그 울음 속에(혹은 그 울음의 배경에) 단순한 동물적 반응이나 생물학적 구조 이상의 무언가 담겨 있다면—어떤 의도가 작용하고 그 의도가 우리가 평소 새와 연관 짓지 않는 종류의 것이라면, 으스스하게 느껴진다. 물론 이것과 우리가 기이한 것을 구성한다고 말했던 '어울리지 않는 무엇'에 대한 감각에는 공통점이 있다. 하지만 으스스한 것은 기이한 것에는 본질적인 요소가 아닌 추측과 긴장감이라는 형태가 필수적으로 뒤따른다. 이 새의 울음소리에 이례적인 무엇이 있는가? 정확히 무엇이 이질적인가? 혹시 그 새가 무언가에 사로잡힌 것일까―그렇다면 어떤 존재가 깃든 것일까? 으스스한 것은 그런 추측이 본질적이며, 그런 의문과 수수께끼가 해결되면 그 즉시 소멸된다. 으스스한 것은 미지의 것을 다룬다. 깨달음을 얻고 나면 사라져 버린다. 이쯤에서 모든 수수께끼가 으스스한 것을 야기하지는 않는다는 점을 강조해 두자. 여기에는 또한 이질성, 즉 해당 수수께끼에 보편적인 경험을 뛰어넘는 지식, 주관성, 감각이 수반될지도 모른다는 느낌이 있어야만 한다. 으스스한 것의 두 번째 유형(존재의 오류)의 사례는 폐허나 기타 버려진 구조물과 관련된 으스스한 감각이다. 종말 이후를 다루는 SF 소설은 그 자체가 반드시 으스스한 장르는 아니지만 그럼에도 으스스한 장면으로 가득 차 있다. 다만 으스스한 감각은 이런 장면들에 국한되는데, 이 도시들이 어째서 황폐해졌는지 그 해답을 우리가 이미 알고 있기 때문이다. 이런 장면을 버려진 배 메리 셀레스트 호*의 경우와 비교해 보라. 그 선박의 미스터리―승객들에게 무슨 일이 벌어졌나? 그들이 떠난 이유는 무엇이었을까? 그들은 어디로 갔을까?―는 전혀 풀리지 않았으며, 앞으로도 풀릴 일이 없기에, 메리 셀레스트 호의 사례에는 으스스한 감각이 충만하다. 자명하게도, 여기서 수수께끼는 두 가지로 판명된다―어떤 일이, 왜 벌어졌는가? 하지만 우리로서는 그 의미나 의도를 분석할 수 없는 구조물들은 또 다른 부류의 수수께끼를 제시한다. 스톤헨지에 놓여 있는 환상열석이나 이스터 섬의 석상들●을 마주할 때, 우리는 또 다른 의문들에 직면한다. 여기서 문제는 이 구조물들을 창조한 이들이 왜 사라졌는지가 아니라― 여기에는 수수께끼가 존재하지 않는다―사라진 무엇의 본질이다. 어떤 존재가 이 구조물들을 창조했을까? 우리와 어느 정도 유사했으며 어느 정도나 이질적이었을까? 이런 존재가 속한 상징적 체계는 어떤 것이었으며 그들이 세운 이런 기념물은 그 상징 체계 내에서 어떤 역할을 했을까? 왜냐하면 이런 기념물을 이해할 수 있게 해 주는 상징적 구조물들은 쇠퇴했으며, 어떤 의미에서 우리가 여기서 목격하는 바는 실재하는 것 그 자체의 난해함과 불가사의이기 때문이다. 이스터 섬이나 스톤헨지와 마주하게 되면, 현재 우리 문화의 유물들이 속해 있는 기호학적 시스템이 소멸되었을 때 그들이 어떻게 보일런지 어렵지 않게 예상할 수 있다. 우리의 세계를 기이한 흔적들의 집합지로 상상하게 되는 것이다. 그런 예상들은 1968년 오리지널 〈혹성 탈출〉의 저 유명한 마지막 장면에 부여된 으스스함을 여지없이 설명해 준다. 자유의 여신상 잔해는 영화의 포스트 묵시록적 관점과 실제 인간의 머나먼 미래의 관점에서 볼 때 스톤헨지만큼이나 우리에게 낯설게 다가온다. 스톤헨지와 이스터 섬이라는 사례는 특정한 고고학적 풍습에는 더 이상 단순화할 수 없는 으스스한 차원이 존재한다는 걸 깨닫게 해 준다. 특히 먼 과거를 다룰 때 고고학자나 역사가들은 가설을 고안하지만, 그들이 언급하는, 그리고 추정을 입증하려 하는 그 문화는 결코(다시) 현재일 수 없다.

그 모든 으스스한 것의 징후들에 가려진, 핵심에 존재하는 가장 주요한 수수께끼는 어떤 힘이 작용하는지에 대한 문제이다. 부재의 오류일 경우, 문제는 그런 힘의 존재와 관련된다. 여기, 의도를 지닌 주체가 있기는 한 것인가? 아직 자신을 드러내지 않은 존재가 우리를 지켜보고 있나? 존재의 오류일 경우에는, 문제는 활동 중인 주체의 특정한 본성에 관련된다.

우리는 누군가가 스톤헨지를 만들었음을 알기 때문에, 그 건설의 배후에 어떤 주체가 존재하는지 아닌지는 문제가 될 수 없다. 우리가 생각해야 할 것은 그 의도가 알려지지 않은 채 사라진 주체의 흔적들이다.

이제 으스스한 것에 대한 고찰이 왜 중요한가라는 질문에 답해 보자. 으스스한 것은 어떤 힘이 작용하는가라는 문제에 결정적으로 의존하기 때문에, 우리의 삶과 세계를 지배하는 힘에 대한 것이기도 하다. 특히 전 세계적으로 연결된 자본주의 세상에 사는 우리들은 그런 힘을 우리가 감각적으로 완전히 이해할 수 없다는 점을 확실하게 알고 있어야 한다. 자본과 같은 힘은 실체는 없지만 실질적으로 어떤 결과든 야기할 수 있다. 또한, 이미 오래전에 프로이트가 우리의 정신을 지배하는 힘은 존재의 오류—무의식 그 자체로 바로 그런 존재의 오류이지 않나?—와 부재의 오류(다양한 충동이나 강박 등이 우리의 자유 의지가 있어야만 하는 곳이라 호소하는)라 간주될 수 있다는 점을 보여 주지 않았나?

아무것도 없어야 하는 곳에 있는 무엇과
무언가 있어야 하는 곳에 없는 것:
대프니 듀 모리에와 크리스토퍼 프리스트

◇

이제 이 사전에 관찰한 내용들을 으스스한 것과 밀접하게
관련 있는 두 작가, 대프니 듀 모리에와 크리스토퍼 프리
스트에 연관 지어 시험해 보자. 듀 모리에의 으스스한 이
야기들은 종종 의도적인 힘을 소유하지 않아야 하는 존재
들 혹은 사물들의 영향력을 둘러싸고 벌어진다. 동물, 텔
레파시적인 힘, 운명 그 자체 같은. 반면 프리스트 소설의
으스스한 효과는 기억에 생긴 공백들, 스스로의 정체성에
대한 캐릭터의 감각을 치명적으로 훼손하는 공백들에 의
존한다.

듀 모리에의 유명한 소설 「새」(1952)는 으스스한 것의
거의 대표적인 사례이다. 위에서 언급했듯이, 사전에서는
으스스한 것의 예를 들 때 흔히 동물의 '으스스한 울음'을
인용한다. 「새」는 우리가 그런 울음소리를 들을 때 촉발되
는 감정—일반적으로 의도적인 힘이 없다고 생각되는 존
재가 그런 힘을 지니고 있다는 의혹을 바탕으로 한다. 듀
모리에의 이야기에서 새들은 자연적인 배경의 일부로 존

재하기를 멈추고 자신들의 힘을 역설하지만, 그 힘의 본질은 수수께끼로 남는다. 인간과 상호 공존하는 대신 그 새들은 서로 협력하여 인간 집단에 대한 무자비한 공격에 착수한다. 서로 다른 종에 속하는 새들의 이런 협동은 전례 없이 이질적인 무언가 일어나고 있다는 첫 번째 조짐이다. "새들은 아직도 벌판 위를 선회하고 있었다. 재갈매기가 대부분이었지만, 그중엔 등 검은 갈매기도 섞여 있었다. 보통 그들은 따로 놀았다. 지금 그들은 한 무리가 되었다. 어떤 유대가 그들을 하나로 모아 놓았다."

히치콕이 각색한 영화에 친숙한 독자라면, 듀 모리에의 원작은 놀라움으로 다가올 것이다. (듀 모리에는 공공연하게 히치콕의 영화를 싫어했다) 태양이 반짝이는 캘리포니아 배경 대신, 우리는 아직도 전후의 궁핍에 시달리는 우중충하고 폭풍이 몰아치는 콘월을 마주하게 된다. 갓 연애를 시작한 시시덕대는 커플 대신 우리가 보게 되는 것은 새들의 공격에 맞서 가정을 지키려는 가족―호킨 가족―이다. 어떤 면에서, 이질적인 존재들에 에워싸인 채 판자를 덧댄 집 안으로 숨어드는 것에 초점을 둔 「새」는 조지 로메로의 〈살아있는 시체들의 밤〉(1968)의 선례처럼 보인다. 이야기는 캐릭터들이 목가적인 공동생활에서 내쫓겨 로메로가 묘사하는 생존주의자의 와해된 삶으로 들어서는 과정을 보여 준다.

이야기의 긴장감은 두 가지 위협에서 기인한다. 첫 번째는 당연히 새들의 공격에서 오는 잔인한 물리적 공포이다. 하지만 우리를 <u>으스스한 것</u>으로 인도하는 것은 두 번째 단계이다. 이야기가 진행됨에 따라, 우리는 전시에 확고했던 것들이며 권위 체계가 붕괴되는 것을 보게 된다. 새들이 위협하는 것은 이전까지 세계를 이해하게 해 주었던 설명 체계 그 자체이다. 초기에 새들의 행동에 대한 설명으로 선호된 답은 날씨였다. 공격이 강화되면서 다른 가설이 등장한다. 호킨이 일하는 농장의 농장주는 러시아인들이 새들에게 독을 풀었다는 소문이 마을에 돌고 있다고 말한다. (새들이 집단의식과 유사한 일종의 종족 의식을 키우기 위해 그들 사이의 차이점은 접어 두었음을 기억해 볼 때, 냉전 시대의 피해망상에서 나온 이 준비된 답은 나름 이해되는 구석이 있다) BBC 라디오 방송국은 이 이야기에서 결정적인 역할을 맡고 있다. 초기에 방송국은 신뢰받는 권위적 목소리였다. BBC에서 새들이 모든 곳에서 모여들고 있다고 방송할 때 이 비정상적인 상황은 공식적인 확인을 받는 셈이 된다. 이 시점에서는, BBC는 새들의 공격을 격퇴할 '어떤

행동을 취할' 것이라 추정되는 지배 구조와 동일한 위상을
지닌다. 하지만 방송이 급격히 잦아들면서, 새들의 행동에
대한 적절한 해답이 없는 만큼이나 이 새들을 다룰 전략
역시 없다는 게 분명해진다. 이야기 끝 무렵에 이르면
BBC는 방송을 완전히 중단하며 그 침묵은 우리가 분명
으스스한 것의 영역에 있음을 의미한다. 캐릭터들에게도
독자에게도 해답은 주어지지 않을 것이다. 또한 어떤 구
제도 없을 것이다. 이야기 말미에 가도 새들의 포위는 전
혀 중단될 기미가 없다.

　듀 모리에의 또 다른 유명한 단편 「지금 쳐다보지 마」
(1971)에서 "아무것도 없어야 하는 곳에 존재하는 무엇",
평범한 해답을 뛰어넘어 존재하는 힘은 초감각적인 지각
이자 운명이다. 이야기는 예지력을 오인하고 부정함으로
서 예견된 바로 그 일이 벌어지는 데 기여하게 되는 과정
을 다룬다.

　존과 로라는 최근 병으로 사망한 그들의 어린 딸을 추
모하는 중에 베네치아를 방문한 부부이다. 레스토랑에 앉
아 있는 동안 그들은 이상한 자매들과 마주치고, 자매는
슬픔에 잠긴 이 부부 사이에 그들의 딸이 앉아 웃고 있는
모습이 보인다고 한다. 로라는 들떠서 자매들에게 빠져들

지만 존은 의심과 적대감이 들면서 이 자매들이 자기 아내의 슬픔을 이용한다고 확신한다. 얼마 지나지 않아 부부는 영국 학교에 있는 그들의 아들이 아프다는 소식을 듣고 로라가 아들 곁에 머물기 위해 집으로 돌아가기로 결정한다. 도시 주변을 산책하던 존은 그 두 자매와 함께 작은 증기선에 타고 있는 로라를 봤다고 생각한다. 존은 공포에 질려 자매가 로라를 납치했다고 확신하고 경찰을 찾아간다. 그러나 로라는 계획대로 돌아갔다는 소식을 듣는다. 민망해진 존은 경찰에게 오해였다고 설명하고 자매에게 사과해야만 하는 상황에 처한다. 자매를 집에 바래다 준 후, 그는 어린 아이로 생각되는 누군가가 한 남자에게 미행당하고 있는 장면을 목격한다. 베네치아에는 연쇄살인범이 출몰하는 중이었고, 존은 그 아이가 다음 희생자가 될까 우려한다. 하지만 그가 아이라고 생각했던 자는 무자비한 난쟁이로 드러나고―아마도 그 연쇄살인범인 듯하다― 난쟁이는 존을 죽인다. 죽어가면서, 존은 로라와 그 자매들을 함께 본 것은 예지였으며 그의 장례식에 그 셋이 함께 모이게 될 가까운 미래를 얼핏 엿본 것이었음을 깨닫는다.

그리고 그가 로라와 두 자매를 태우고 대운하를 내려가는 증기선을 본 것은 오늘이 아니라, 내일이 아니라, 모레의 일이었다. 그리고 그는 그들이 어째서 함께였는지 어떤 슬픈 일이 있어 그들이 왔는지 깨달았다. 그 괴물은 한 구석에서 횡설수설하고 있었다. 쿵쿵거리는 소리와 목소리들과 개 짖는 소리가 점점 희미해지는 가운데 그는 생각했다. '맙소사, 이 얼마나 어처구니없는 죽음이란 말인가…'

어떤 면에서 여기 나타나는 구조는 우리가 이전에 논의했던 타임루프 방식과 유사하다. 다만, 여기서는 그 순환이 다소 느슨하고 그 장치는 기이하다기보다는 으스스하다. 그 이유는 강조점이 모호한 주체, 즉, 운명 그 자체에 있기 때문이다. 이야기에서 운명은 분명 두렵지만, 존이 죽어가는 순간에 깨닫듯이, 운명이 짜내는 패턴에는 비참한 만큼이나 결국 역설적인, 어쩌면 심지어 소름끼치도록 우습기까지 한 어떤 예술적 기교가 있다. 한 가지 모순점은, 아마도 그런 식으로 인식되지 않았기 때문이겠지만, 존의 예지는 운명의 패턴이 예견되게끔 허락하지 않았다는 것이다. 존과 더불어, 자신의 초감각적인 지각 능력을 거부한 남자가 한 명 더 있다. 치명적이게도 스스로 눈을 가려버렸다고 말할 수 있는 이 남자는 『샤이닝』의 잭 토런스로 이 인물은 후에 다시 논하게 될 것이다. 잭 토런스의 경우와 마찬가지로 초감각적인 지각은 존의 남성적인 결정력과 타협한다. 잭처럼, 존 역시 이런 냉정함—결과적으로는 환상에 불과한—을 위협하는 힘을 과소평가한 것이 바로 그 힘들을 강화하여 결국 자신의 파멸을 맞게 된다.

닉 뢰그*가 각색한 영화(1973)(이번에는 듀 모리에가 인정했던)는 운명의 시적 표출이다. 자신의 수많은 영화들과 마찬가지로 여기서도 뢰그는 대비, 전조, 반향들을 사용하여 시간을 운율이 있는 구조로 보이게 한다. 존이 연구하는 슬라이드 위 얼룩의 붉은색은 그의 딸이 죽을 때 입고 있던 레인코트의 붉은색과 운율을 이룬다. 하지만 그의 딸의 죽음은 음울한 시적 패턴에서 완결된 파국이라기보다 시작하는 시점이며 이는 결국 존이 거의 같은 붉은색 레인코트를 입은 난쟁이 손에 의해 죽임을 당함으로써 종결될 것이다.

이런 운율로 우리의 감성을 고조시키면서 뢰그가 시사하는 바는, 으스스한 것이 결코 완전히 우리 시야에 들어

오지 않을 운명적인 힘의 윤곽을 드러낸다는 점이다. 색채의 반복은 소리의 증폭을 통해 보완된다. 이야기에 보조를 맞춰 가며 뢰그는 베네치아를 강렬하게 으스스한 곳으로 만들었으며 이는 상당 부분 음향과 관계가 있다. 뢰그는 베네치아가 소리의 미로처럼 기능하는 점을 활용한다. 베네치아의 이런 구조는 소리를 그 원천에서 분리하여 가짜 음(音)의 공간을 형성하는 '분열적인 음향' 효과를 야기한다. 존과 로라가 종종 길을 잃고 우연히 방금 떠난 곳들로 돌아오거나 왔던 길을 되밟아 가며 서성이는 이 도시는 그 자체로 수상쩍은 미로이자 너무 늦게야 깨닫게 될 운명의 해체된 이미지이다.

듀 모리에의 이 두 작품이 존재하지 않아야 할 곳에 존재하는 힘의 작용—새들의 집단적인 교활함, 운명의 시적인 짜임—을 다룬다면, 크리스토퍼 프리스트의 소설 『확언The Affirmation』(1981)과 『매혹The Glamour』(1984)은 어떤 결핍들, 힘이 적용되어야만 하는 곳에 생긴 공백들을 둘러싸고 구성된다. 두 주인공은 그들이 스스로에 대해 아는 내용에 생긴 공백들로 규정되며, 프리스트 작품의 한 가지 효과는(이후에 다루게 될 앨런 가너의 작품처럼) 이야기의 으스스한 힘을 믿게 하는 것이다. 『확언』은 처음에는 한 젊은 남자의 이야기처럼 보인다. 피터 싱클레어라는 이 남자는 관계의 파경을 맞고 직장까지 잃은 뒤 무너져 버렸다. 싱클레어는 연상인 어느 지인과 만나 지인의 별장, 헤리퍼드서 전원 지역에 있는 낡은 시골집을 개보수하는 대가로 그 집에서 살라는 권고를 받아들이게 된다. 시골집에 있는 동안 싱클레어는 글을 쓰기 시작하는데, 이 글이 언젠가는 자기 삶을 스스로에게 이해시켜 줄 자전적인 작품이라 여긴다. 처음엔 이 원고가 우리에게 보이지 않고—어쩌면 결코 드러나지 않을지도 모른다.—다만 이 글에 대한 싱클레어의 환희와 고통이 번갈아 드러날 뿐이다. 싱클레어는 자신이 글을 꾸미기 시작했으며 사실상 화자의 고유한 요소들을 완전히 변경했음을 인정한다. 지명이나 인명 같은 상대적으로 소소한 세부 사항들뿐 아니라 성격적 특색이나 핵심적인 사건들까지 변경하면서, 그는 이런 수정들로 소설이 '더 중요한 진실'에 충실하게 되리라 합리화한다. 이런 합리화는 많은 소설가들이 저지르는 행위로, 프리스트는 여기서 스스로를 팔아 자조적인 농담을 하고 있는 것이다.

마침내 드러나는 싱클레어의 '자전적인' 소설은 전혀 자전적인 내용이 아니라 마치 과장된 판타지의 산물 같다(기실 그 소설은 거의 판타지 장르에 속하는 것으로 보인다). 사실상, 우리는 우리가 읽는 것이 싱클레어의 자전적인 원고인지 전혀 확신할 수 없다. 최소한 한 가지 버전의 이야기에서, 싱클레어가 늘 들고 다니는 그 소중한 원고는 그저 빈 종이 더미에 불과하다. 어쨌거나 우리가 읽는 그 원고에서, 싱클레어는 특별한 복권에 당첨되어 '꿈의 군도'―이 거대한 지역은 그 이름이 암시하는 바처럼 지정학적 위치만큼이나 정신적인 상태 또한 나타내는 듯하다―에 속하는 섬인, 콜라고라 불리는 곳을 관리한다. 그 복권에 당첨된 자들은 '아타나시아'라 불리는 과정을 수행하게 되며, 이를 통해 그들은 일종의 제한적인 불멸을 얻게 된다. 다시 말하자면, 그들의 몸은 모든 병적 요인을 떨치게 되고 미래에 어떤 질병과 접촉하든 면역력을 갖게 되지만, 사고에 따른 죽음만은 피할 수 없다. 그러나 이 아타나시아 과정을 거치면 그들은 자신들의 기억을 완전히 잃게 된다. 그들의 성격은 아타나시아 과정을 거치기 전 그들이 완성한 세세한 설문지를 기반으로 재건된다. 그러나 싱클레어는 자신의 복귀를 실시하는 그 과정에 설문지 대신 자신의 자전적 소설(이쯤 되면, 자명하게도 우리가 읽는 것과 동일한 글일 수 없으며, 군도와 복권에 대한 이런 서술보다 한 차원 '아래'에 존재하는 것이 분명하다)을 이용해 달라고 주장한다.

『확언』의 나머지 부분에서는 실제 세계를 배경으로 하는 서술부와 꿈의 군도를 배경으로 하는 서술부 간의 관계가 급속히 뒤엉켜 버린다. 싱클레어—혹은 싱클레어의 일부—는 분열된 서술을 확장시켜 그의 연인 그라시아의 자살에 일조한 탓에 생긴 트라우마를 회피하고 있는 듯 보인다.

싱클레어가 어린 시절에 겪은 한 사건은 전체 소설에 대한 열쇠일지 모르는 것을 제공한다. 그가 회상하기로 그 사건 이후 그는 이전 사흘 동안의 모든 기억을 잃었다.

그 사흘 동안, 나는 분명 깨어 있었을 것이다. 의식과 자각이 있고, 기억의 지속성을 느끼며, 나의 정체성과 존재에 대한 확신이 있었을 테다. 하지만 그 뒤에 이어진 한 사건이 그 모두를 뿌리째 뽑아 버렸다. 마치 어느 날 죽음이 닥쳐 모든 기억을 지워 버리듯이. 그것은 내가 처음 겪은 일종의 죽음이었으며, 그 이후로, 무의식 그 자체는 두렵지 않았지만, 나는 기억을 지각의 열쇠로 보게 되었다. 나는 내가 기억하는 한 존재한다.

아이러니한 것은, 꿈의 군도의 싱클레어가 불멸을 얻기 위해 기억상실이라는 '죽음'을 감행한다는 점이다. 싱클레어가 '내가 기억하는 한' 존재한다고 할 때 문제는 싱클레어의 다른 버전들은 기억하지 못한다는 것이다. '이 세계의' 싱클레어는 그의 의식이 그라시아의 자살로 인한 부담감 때문에 산산이 부서졌기 때문에. 꿈의 군도의 싱클레어는 아타나시아 과정을 수행했기 때문에.

여기서 으스스한 것은 무의식 그 자체의 힘이다. 『확언』은 어떻게 우리 자신에게서 무언가를 숨길 수 있는가, 어떻게 한 존재가 무언가를 숨기는 존재이자 동시에 그 무언가를 숨기게 하는 대상일 수 있는가 하는 수수께끼에 대한 광대한 성찰로 읽힐 수 있다. 이는 흔히 우리의 정신에 속하리라 생각하는 일체성과 명료함이 착각이기 때문에 일어난다. 공백과 모순은 우리 존재의 구성요소이다. 이런 빈틈을 메우는 것이 이야기이며 이를 통해 이야기는 그 자신의 고유한 힘을 획득한다. 기억은 이미 이야기이며, 기억에 공백이 생기면, 그 구멍을 메우기 위해 새로운 이야기들이 지어져야한다. 하지만 이 이야기들의 작자는 누구인가? 그 답은 여기엔 딱히 작자가 있다기보다 뒤에 '아무도' 없이 그저 작화 과정만이 있다는 것이다. 이 과정은 표준에서 벗어난 병적인 일탈이 아니라 그 과정에서 정체성이 정상적으로 기능하는 방식이다. 하지만 이런 기능은 대체로 모호하고 무언가 잘못될 때만 드러나게 된다. 이를테면 이야기들이 실패할 때, 그리고 이야기들을 생성하는 장치에 대한 질문을 회피할 수 없을 때.

프리스트의 소설 『매혹』은 그가 집착하는 상당수의 것들, 특히 기억상실과 작화증이라는 문제로 돌아간다. 리처드 그레이는 테러리스트의 폭탄 테러에 휘말려 기억을 잃게 된 카메라맨이다. 그가 데번에 있는 병원에서 요양 중일 때 그의 여자 친구라고 주장하는 수전 쿼리라는 여자가 방문한다. 『확언』처럼, 이 소설 역시 조작되고 재건되기 쉬운 특정한 이야기로 이해되는 기억과 더불어, 공백과 이야기 간의 관계를 중심으로 한다. 예를 들어, 그레이의 재활을 돕는 한 의사는 '히스테리성 기억 착오' 상태를 언급하는데, 이 상태에서 환자들은 몇몇 기억의 조각을 바탕으로 '기억나는' 세계 전체를 꾸며 낸다.

소설은 리처드와 수전이 어떻게 만났는지에 대한 여러 가설을 제시한다. 초기에 리처드가 믿었던 첫 번째 가설은 최면을 통해 찾은 기억인 듯 보이는 것으로, 커플이 프랑스에서 휴가를 보내는 동안 만났다는 것이다. 잘 나아가던 그들의 관계는 수전의 연인 나이얼의 존재 때문에 먹구름이 낀다. 나이얼은 사람을 교묘히 조종하는 음흉한 자다. 수전은 나이얼과 헤어지고 싶어 하지만 그는 그녀에게 해로운 영향력을 미친다. 하지만 수전은 이런 설명을 일체 거부하면서 자신은 프랑스에 가 본 적이 없으며 그들의 연애는—이 역시 뒤에는 나이얼이 있다—사실 런던에서 있었던 일이라고 말한다. 프랑스에서 벌어진 일들을 되짚어 가며 훼손시키는 데에는 몹시 으스스한 무엇이 있다. 독자에게—그리고 아마도 그레이에게—프랑스에서의 일들에는 쿼리가 이야기하는 런던에서의 일들보다 더는 아니더라도 그만큼 사실적으로 '느끼게' 하는 생생함이 있다. (이는 『확언』에서 야기되는 결과를 거꾸로 한 것과 같다. 꿈의 군도 장면들은 처음에는 마치 판타지나 소설 속 소설인 양 실제 세계의 소재지들에서 벌어지는 사건들보다 존재론적으로 하등하게 느껴지지만, 소설의 보다 '현실적인' 부분들을 능가하는 생생함이 있다) 프랑스 쪽 이야기가 사실이 아니라면, 우리는 『확언』에서 그렇듯, 그 이야기를 생성한 주체는 누구인가라는 수수께끼에 직면하게 된다. 『매혹』의 절정에 이르면 그 수수께끼에 대한 답을 얻게 되는 듯하다. 메타픽션적으로 뒤틀리면서 나이얼이 소설의 화자로 나서며 리처드에게 프랑스 여행에 대한 가짜 기억을 '주입'한 것도 나이얼로 드러난다. 이 폭로의 압도적인 효과가 소설이 구축한 으스스한 감각을 다소 누그러뜨린다 해도, —이제 이 모든 이야기를 지어낸 주체의 정확한 본성을 알게 된 듯하므로— 여전히 나이얼의 영향력은 어디까지 미치는가에 대한 문제가 남는다. 우리가 읽은 부분 중에서 어느 정도가 나이얼의 재간인가, 어느 정도가 나이얼이 여전히 리처드의 '실제 삶'이라 부르는 것에 속하는가, 나이얼의 소설들이 이 '실제 삶'과 어느 정도까지 분리될 수 있는가? 리처드에게 나이얼을 넘어서는 '실제 삶'이 있다면, 이는 나이얼이 "내가 당신을 만들었어, 그레이."라고 주장함에도 불구하고 그는 리처드의 저자이자 창조자가 아니라 그저 리처드의 이야기를 전달하는 사람에 불과함을 암시한다.

　나이얼과 리처드 간의 메타픽션적인 갈등은 불가시성이라는 문제에 대한 소설의 핵심적인 집착 일부로 읽힐 수 있다. 나이얼이 화자라면, 그는 자신이 서술하고 있는 캐릭터들보다 '한 단계 위'에 존재하며, 그러므로 그 캐릭터들에게 완전히 모습을 드러내지 않는다(그들은 캐릭터로서의 나이얼과는 소통할 수 있지만, 화자로서의 나이얼과는 소통할 수 없다). 하지만 소설은 외견상 보다 직접적으로 불가시성을 다룬다. 나이얼, 수전, 그리고 어느 정도는 리처드 그 자신도 '매혹'을 당한 듯 보인다. 매혹이란, 소설에서 설명하기를, 옛 스코틀랜드의 말이다.

원래 매혹은 주문, 마법이었다. 젊은 남자들이 사랑에 빠지면 마을에서 가장 현명한 늙은 여인을 찾아가 자신이 사랑하는 여인이 남들에게 보이지 않게 되는 주문을 걸어 달라고 사주했다. 그래서 다른 남자들이 더 이상 그 여자를 갈망하지 않도록. 일단 마법에 걸리면, 혹은 홀리게 되면, 여자는 엿보는 시선들에서 벗어나게 되었다.

이런 사라짐이 어떻게 가능한지에 대해 소설은 양면적인 태도를 취한다. 보지 못하게 유도된 것인가? 어떤 사람들은 단순히 시선을 끌지 않고, 영원히 배경에 머무르는 것인가? 혹은 어떤 마법이 작용하여 나이얼과 다른 이들이 보이지 않게 된 것인가(하지만 이것이 보지 못하게 유도된 것과 어떤 경우에든 궁극적으로 어떤 차이가 있는가?).

사라짐은 기억상실과 함께, '무언가 존재해야 하는 곳에 아무것도 없음'의 명백한 사례이다. 하지만 이 두 가지는 매우 다르다. 기억상실이 야기하는 공백은 지각되고 느껴지는 공백—이야기로 채워야만 하는 공백이지만 사라짐은 그 자체를 숨기는 공백이다. 이는 부적 환각의 사례로, 이 개념은 최면적인 암시하에서 그레이가 같은 방에 있는 여자를 보지 못하게 유도되었을 때 소설에 도입된다. 부적 환각이란 '정적' 환각•보다 여러모로 더 흥미로운—그리고 보다 으스스한—현상이다. 존재하는 무엇을 보지 못하는 것은 존재하지 않는 무엇을 보는 것보다 더 이질적이면서 동시에 보다 흔히 발생하기도 한다.

지각의 오류, 즉 우리가 자신에게 되새기는 주요한 이야기들과 상충하는—혹은 그저 어울리지 않는—소재를 무의식적으로 간과하는 과정은 지속적인 '편집 과정'의 일환이며, 이를 통해 우리의 독자적인 경험이 생성된다. 부적 환각 상태에서는, 일반적으로 대상이며 실체가 나타나되 보이지 않는다. 이를테면, 누군가가 바닥 위에 놓여 있는 상자를 보지 못하게 유도되었다 치자. 그렇게 유도된 이들은 그럼에도 방을 가로지를 때 그 상자를 피해 돌아갈 것이고, 더하여 어떤 이유를, 작은 이야기를 지어내어 왜 그런 행동을 했는지 설명할 것이다.

부적 환각이라는 개념을 정립한 사람은 프로이트였으

며, 작화증과 함께 이 현상은 무의식의 으스스한 성질을,
그 부정적인 결과를 조명한다. 무의식, 그 자체로 공백이
자 눈에 보이지 않는 그것은 또한 보이지 않는 공백들의
제작자이기도 한 것이다.

사라지는 땅에서:
M.R.제임스와 이노

◇

서문에서 언급했듯이, 으스스한 것에 대한 내 생각은 내가 저스틴 바턴과 함께 한 프로젝트인 「사라지는 땅에서」에서 나왔다. 프로젝트에서 도출된 결과물은 45분짜리 오디오 에세이였지만, 그 발단은 잉글랜드 동부의 서포크 지역에서, 펠릭스토우 내륙의 해안가 마을부터 우드브릿지까지 걸었던 도보 여행이었다. 우리는 또 다른 프로젝트를 위한 장소를 찾아다닐 예정이었지만 풍광은 자기 방식대로 관계 맺기를 종용했다. 여행의 시작과 끝을 표하는 상징적 표시는 펠릭스토우 컨테이너항—'인적이 없는 광대함', 저스틴은 「사라지는 땅에서」의 원고에 이렇게 묘사했다—과 서턴 후, 전 세계적으로 유명한 앵글로 색슨 족의 배 무덤*이었다.

항구와 유적지는 두 가지 유형의 으스스한 것을 제시한다. 컨테이너항은 쇠락한 해변가 마을 위로 어렴풋하게 떠오르고, 항구의 크레인들은 마치 H. G. 웰스의 마션 트라이포드**처럼 빅토리아풍의 리조트 위로 솟아 있다. 외

• 1776~1837, 영국의 낭만주의 풍경화가.
•• 1930~2009, 영국 SF작가. 뉴웨이브의 아버지로 추앙받고 있으며, SF는 아니지
   만 자전적인 내용을 다룬 『태양의 제국』이 영화화되어 잘 알려져 있기도 하다.
••• 1936~. 미국 영화감독.

곽에서, 그러니까 트림리 습지에서부터 다가가다 보면, 크
레인들은 컨스터블•의 풍경화에서 인공두뇌를 장착한 번
쩍이는 공룡들이 뛰쳐나온 것처럼 전원적인 풍경을 주도
한다. 이렇게 보면 항구는 거의 기이한 현상처럼, '자연적
인' 풍경과 이질적이고 비할 바 없는 분출물처럼 보인다.

　하지만 궁극적으로 지배적인 것은 으스스한 감각이다.
항구에는 실제 소음 정도와는 전혀 관계없는 으스스한 고
요함이 존재한다. 짐이 실리고 내릴 때 배에서 발생하는
무기물의 쨍그렁 대는 소리며 철컥이는 소리는 가득하지
만, 무언가 빠져 있으니, 적어도 외곽의 지켜보기 좋은 위
치에서 항구를 바라보는 방관자가 보기엔 어떤 말이나 친
목의 흔적이 전혀 없다. 컨테이너 차들과 배들이 작업하
는 모습을 바라보고 있자면, 혹은 컨테이너 그 자체들, 깁
슨의 사이버스페이스에 나오는 막대그래프가 물질화된
양 쌓아 올려져 있는 금속 상자들을 보고 있자면, 그 이름
들은 다국적인, 공허한, 발라드••의 시처럼 울려 퍼진다.
머스크 씨랜드, 한진, K-라인―인간적인 존재를 전혀 느
낄 수 없는 것들. 사람들은 시야 밖에, 운전석에, 크레인
안에, 사무실에 남아 있다. 나에겐 소리 없는 이질적인 효
율화 대신 필립 카우프만•••의 1978년 〈우주의 침입자

• 외계 씨앗에서 꽃이 피어나 사람들의 몸을 복제하고 이 복제 인간들이 원래의 인간을 대체하게 된다는 내용의 영화. 후반부에 복제용 씨앗을 대량 재배하는 부둣가 공장이 등장한다.

Invasion Of The Body Snatchers〉*에 등장하는 씨앗 주머니가 분포되는 장면이 떠오른다. 인간이 자동화된 시스템 간의 보이지 않는 연결기로만 존재하는 컨테이너 항과, 펠릭스토우의 항구가 효과적으로 대체하게 된 오래전 런던 부두의 떠들썩함 사이의 대조는 지난 사십 년 동안의 자본과 노동의 이동에 대해 많은 부분을 말해 준다. 항구는 금융 자본이 이룬 승리의 흔적이며, '비(非)물질화된' 자본이라는 착각을 가능케 하는 육중한 물리적 기반시설의 일부이다. 이는 현대 자본의 단조로운 광택 밑면에 존재하는 으스스한 것이다.

반면에, 서턴 후는 적어도 두 가지 다른 면에서 으스스하다. 먼저, 지식에 공백을 구성한다. 공예품을 만들고 배로 장례를 치른 앵글로 색슨 족의 신앙과 의례는 부분적으로만 알려졌을 뿐이다(배 자체와 그 배에 실려 있던 유물들─믿을 수 없을 만큼 정교한 보석들을 포함해서─은 오래전에 대영박물관으로 옮겨졌다. 지금은 서턴 후에 있는 관광 센터에 복제품이 놓여 있다). 두 번째, 서턴 후─우드브릿지 마을 위쪽에 있는 봉분─는 그 자체로도 으스스한 곳이다. 황량하고, 분위기 있으며, 고독하다.

으스스한 것을 향한 우리 여정의 시작과 끝을 표시하는

● 산책 중에 호루라기를 발견한 주인공이 호루라기를 불자, 그날 밤부터 이상한 형
  체가 나타나 주인공을 공격한다.
●● 현재의 노포크 주와 서포크 주를 아울렀던 고대 왕국.

또 다른 방법은 두 인물, M. R. 제임스와 브라이언 이노에
대해 고찰해 보는 것이다. 제임스는 그의 가장 유명한 유
령 이야기 중 한 편인「오, 불어라, 그러면 내가 너에게 가
리라, 나의 친구여Oh, Whistle, and I'll come to You, My Lad●」(1904)에서
소설적으로 살짝 가공한 펠릭스토우를 배경으로 한다. 이
노의 경우, 1982년 발표한 앨범〈앰비언트 4: 땅 위에서
Ambient 4: On Land〉가 부분적으로 서포크의 해안가와 관련된
다. 제임스는 케임브리지에서 방문한, 휴가 중인 골동품
전문가를 내세워 서포크의 풍광에 접근했다. 반면 이노는
돌아온 서포크 출신 토박이로(그는 우드브릿지에서 태어났다)
이 지역에 다가서서 자신이 어린 시절 거닐었던 풍광의
'공간, 시간, 기후, 분위기'를 소리로 재건한다.

　「오, 불어라, 그러면 내가 너에게 가리라, 나의 친구여」
는 이스트 앵글리아●●를 도보 여행 중인 케임브리지 학자
파킨스에 대한 이야기이다. 명백히 펠릭스토우를 암시하
는 번스토우를 배경으로 한다. 파킨스는 제임스 그 자신
과 꼭 닮은 대역이다. 제임스는 캠브리지의 골동품 전문
가였으며 서포크를 자주 방문했다. 파킨스가 뒤로 한 도
시 세계와 그가 거니는 인적 없는 황야 사이의 대조는, 명
징한 지식과 고대 설화, 그리고 케임브리지의 도서실들에

● 1934~, 영국 극장과 오페라 감독이자 배우, 작가, 텔레비전 제작자.
●● 러브크래프트의 단편소설 「던위치의 공포」에 등장하는 지명.

서는 그토록 잘 기능하던 학구적 설명이 그가 서포크 풍
광에서 마주하는 것에는 갑자기 전혀 적용되지 않는 것
을 깨달은 데서 기인한 파킨스의 소외 사이의 대조이기
도 하다.

「오, 불어라, 그러면 내가 너에게 가리라, 나의 친구여」
와 「호기심에 대한 경고A Warning to the Curious」(1925)에서, 제임
스는 H. P. 러브크래프트, 앨런 가너, 나이절 닐, 데이비드
러드킨 등의 후기 작가들이 차용하게 되는 견본을 발견한
다. 이 두 이야기는 고대의 위협을 담은 오래된 물건들―
청동 호루라기와 고대의 왕관―의 발굴을 중심으로 한
다. 하지만 BBC는 이 이야기들을 각색하면서, 무기체인
유물들로 소환되는 악마적 존재들만큼 이스트 앵글리아
의 풍광―제임스가 「호기심에 대한 경고」에서 묘사했듯
음산하고 엄숙한―도 비중 있게 다루었다.

조너선 밀러●는 1968년 「오, 불어라, 그러면 내가 너에
게 가리라, 나의 친구여」를 각색하면서 펠릭스토우를 촬
영지로 이용하지 않고, 전설적인 서포크의 마을 던위치●●
와 노포크의 왁스햄이라는 작은 마을을 선택했다. 파킨(각
색판에서는 이름이 살짝 변형되었다)이 허물어져 가는 절벽 가
장자리 위 묘비들 사이를 거닐다가 호루라기를 발견하는

결정적 장면은 던위치에서 촬영되었음을 뚜렷하게 알아볼 수 있다. 던위치라면, 제임스와 성이 같은 헨리가 도보여행을 하며 기록했던 그 장소*로, 지금은 거의 아무것도 없다. 한때 번창하는 항구 도시였던 던위치는 1328년 폭풍의 일격을 맞아 대부분 파괴되었고, 남아 있는 부분도 점차 바다에 잠식되어 오늘날에는 고작 몇 채의 집들과 교회가 하나 서 있을 뿐이며, 그마저도 게걸스러운 바다에 서서히 위협받고 있다.

왁스햄 역시 결핍이 지배적인 장소이다. 몇 안 되는 작은 집들과 황폐화된 교회는 마치 그 마을의 해골처럼 느껴진다. 하지만 밀러는 이 마을의 몇 안 되는 랜드마크들을 전혀 이용하지 않고 대신 반 추상적인 해변 지형에 집중한다. 대체로 별 특징 없는 왁스햄의 해변을 제임스는 탁월한 류의 풍광으로 묘사한다. "모래 섞인 조약돌이 깔려 있고, 검은 방파제에 빈번히 파도가 밀려드는 길게 뻗은 해변"엔, "어떤 배우도 보이지 않고", "황량한 무대"는 "랜드마크의 부재"로 정의된다.

밀러의 각색 판에서, 뛰어난 배우 마이클 홀든이 연기하는 파킨은 쇠락해 가는 논리적 실증주의자로 그의 마음은 위협받는 이스트 앵글리아의 해안 지대처럼 확고하게,

• 1910~1989, 영국 철학자.

다만 훨씬 더 빠르게 무너지고 있다. 탁월한 배우였던 홀
든이 파킨의 침잠을 전달하는 몸짓과 표정들은, 파킨의 대
화 기술이나 진술 등이 실제 대인 관계에서보다 그의 마음
속 무대에서 연습할 때 훨씬 더 잘 기능함을 암시한다. 이
남자는 사람들보다 집에서 책과 함께 보내는 시간이 더 많
은 남자이다. A. J. 에이어°의 방식에 따르면, 홀든이 연기
하는 파킨은 사후 세계라는 개념을 의미 없는 것으로 보는
경향이 있다. 그러나 이런 그의 철학적 단호함은 불안정
하게 우물거리는 설명 탓에 어그러진다. 한편으론, 텅 빈
사구들과 고독한 황야 지대가 파킨의 갈수록 더해가는 유
아론적 정신 상태와 객관적인 상관관계를 형성한다. 그러
나 이 해변은 또한 파킨이 결국 그의 내면성을 치명적으로
파괴하기에 이르는 외부세계, 이질적인 힘과 조우하는 구
역이기도 하다.

밀러가 텔레비전 드라마로 각색한 〈오, 불어라, 그러면
내가 너에게 가리라, 나의 친구여〉와 이노의 〈땅 위에서〉
에는 강렬한 연관성이 있다. 둘 다 사실상 이스트 앵글리
아 지역에 뚜렷하게 나타나는 으스스함에 대한 성찰이라
는 점이 그렇다. 풍광에 오래도록 집중하는 것이며 그 음
울한 침묵이며 별다른 행위가 없는 긴 장면들에서, 밀러

는 마치 이노가 이후에 고안하게 될 앰비언트 뮤직●에 상응하는 무엇을 텔레비전으로 제작한 것만 같다. 이노는 〈땅 위에서〉의 앨범 재킷 해설에 이렇게 썼다. "풍광은 전면에서 벌어지는 무언가 다른 것을 위한 배경이 되기를 그만두었다. 대신, 행위하는 모든 것이 풍광이다. 전경과 후경 사이에 더 이상은 뚜렷한 구분이 존재하지 않는다." 밀러의 영화에서 으스스한 것은 영화가 풍광을 고유한 힘을 가진 주체로 취급하는 데서 나온다. 영화는 침울한 고독 속에서 숭고하게 남은 거의 버려진 황야와 해변에 어울리는 유혹적인 느림을 포착한다. 파킨이 위험을 망각한 채 과소평가하는 것은 바로 이 태고의 신비한 지역이 지닌 힘이다.

　호러 작가이자 보수적인 기독교인이었던 제임스에게 외부 세계에 대한 매혹은 「호기심에 대한 경고」라는 제목에서 분명히 하듯 언제나 치명적이다. 그러나 〈땅 위에서〉는 외부 세계라는 개념에 보다 개방적이어서, 이를 위협적이거나 파괴적으로 보지 않는다. 〈땅 위에서〉는 부드럽고 소용돌이치는 흐름들과 부글거림, 재잘거림, 살랑거림으로 무기체의 감각성을 암시하면서 꿈꾸는 듯한 풍경을 세세하게 살려낸다. 이노의 전기 작가인 데이비드 셰퍼드는 이노의 유년기에 대한 그 모든 호소들에 대하여, 〈땅 위에서〉의 분위기는 "감상적인 동경이라기보다 내향적인, 관능적인 도취"라고 썼다. 분명히 〈땅 위에서〉는 관능적으로 도취시키긴 하지만, '내향적'이라는 말은 이토록 심리적인 내부성이 결핍된 듯 보이는 기록물에는 부적절한 단어인 듯하다. 〈땅 위에서〉에는 분명 어떤 고독이, 따분하고 일상적인 교제의 소란스러움을 뒤로하는 내적인 침잠이 존재하지만 이는 한편으론 외부 세계에 대한 개방성의 전제조건으로 나타난다. 여기서 외부 세계란, 한편으론 전원풍을 급격히 벗어난 본성을, 그리고 다른 한편으론 현실과 다른, 고조된 만남을 의미한다.

이노는 동일한 앨범 해설에서 또한 〈땅 위에서〉의 영감의 일부는 펠리니의 〈아마코드Amarcord•〉(1973)의 '청각적인 맞수'를 만들고 싶다는 포부에 있다고 밝혔다. 소리로의 변형은 으스스한 것을 불러낸다. 어쿠스매틱 사운드—뚜렷한 음원에서 이탈된 소리—에는 본질적으로 으스스한 차원이 있다. 〈땅 위에서〉에서 가장 불안하게 만드는 트랙은 '그림자'로, 인간의 목소리일 수도 있고 동물의 낑낑거림일 수도 있는, 혹은 바람이 만들어낸 청각적 환각일 수도 있는 조용하고 고통스러운 흐느낌을 담아냈다. 이는 어떤 적대적인 주체가 기능함을 암시하지만, 〈땅 위에서〉를 탁월하게 하는 일부는 이 앨범이 호러나 유령 이야기 장르들이 담아낼 수 없는 으스스함에 가능성을 열어 놓는 방식이다. 당황스러울 정도로 이질적임에도 가슴 저미도록 매혹적인—일상의 한계 너머에서 고동치는—외부 세계에.

제임스에게는 외부 세계가 언제나 적대적이며 악마적으로 기호화된다. 그가 크리스마스에 케임브리지 청중 앞에서 자신의 유령 이야기를 낭독할 때 그 이야기들에서 얼핏 엿보인 외부성은 분명 관중에게 전율을 불러일으켰지만, 거기에는 또한 확고한 경고도 담겨 있었다. 이 고립된 세계 바깥을 탐험할 때는 위험을 각오하라.

그러나 제임스—20세기에 살았던 빅토리아 시대적 인물—가 지키고자 했던 세계는 여러 가지 면에서 이미 사라졌거나 혹은 사라지기 직전이다. 펠릭스토우에 있는 바스 호텔—제임스가 늘 머물렀던 곳으로, 「오, 불어라, 그러면 내가 너에게 가리라, 나의 친구여」에 등장한 호텔의 모델이 된 곳—은 1914년 서프러제트• 운동 때 불타 버렸다. 궁극적으로 나는 제임스가 배제했던 으스스한 것의 중요성을 강조하고 싶지만, 지금은, 제임스의 뒤를 이어

<u>으스스</u>한 것의 악의적인 유형을 탐구했던 두 명의 작가들, 나이절 닐과 앨런 가너에 대해 고찰해 보자.

으스스한 타나토스:
나이젤 닐과 앨런 가너

펄프 호러, 초기 SF, 어두운 양상을 띠는 설화들은, 무기
체에 깃든 악마들이나 포획암*으로 만들어진 유물들로
분류되는 고대의 초월적 무기들을 발굴하거나 그 무기
들을 직면하는 일에 대한 선입견을 공유한다. 이런 유물
이나 인공물은 일반적으로 무기체(돌, 금속, 뼈, 영혼, 유골
등등)로 만들어진 사물들의 형태로 묘사된다. 자율적이
고 지각이 있으며 인간의 의지에서 독립적인 그들의 존
재는 그들의 버림받은 상태, 태곳적부터 지속된 오랜 잠,
그들의 도발적이리만치 강렬한 형태들로 특징 지어진
다. (…) 무기체에 깃든 악마들은 자연에 기생하며 그들
은 (…) 개체로서든 종족으로서든 한 사회 혹은 전체 문
명으로서든 인간을 숙주로 하여 그 영향력을 발산한다.

_레자 네가레스타니**, 『백과사전: 익명의 물질들과의 공모

Cyclonopedia: Complicity with Anonymous Materials』

레자 네가레스타니는 여기서 제임스가 「오, 불어라, 그러면 내가 너에게 가리라, 나의 친구여」와 「호기심에 대한 경고」에서 이용한 구조를 묘사하는 것일 수도 있다. 하지만 이런 패턴은 제임스의 두 후계자들인 나이절 닐과 앨런 가너에서도 또한 이용된다. 닐과 가너는 그들의 가장 중요한 작품들 일부에서 발굴된 '무기체인 악마들'/인공물들이 운명론적인 원동력으로 작용하면서 캐릭터들을 치명적인 충동들로 끌어당기는 모습을 보여 준다. 닐과 가너 둘 다 으스스한 타나토스—개인의 한계를 뛰어넘는(그리고 시간적인 한계들을 뛰어넘는) 죽음 충동이라 부를 수 있는 것의 윤곽들을 탐험하는데, 그 과정에서 외부 세계에서 가해진 힘의 산물로 '심리적인 것'이 드러나게 된다.

쿼터매스의 타나토스

나이절 닐이 쓴 작품 중 가장 유명한 텔레비전 시리즈는 전형적으로 장르들(특히 호러와 SF) 간의 간극을 바탕으로 한다. 하지만 닐의 최고 작품에서 가장 탁월한 점은 그 으스스한 감각이라 하겠다. M. R. 제임스와 달리, 닐은 초자연적인 것을 그 자체로 받아들이지 않는다. 사실 닐의 전형적인 흐름—〈쿼터매스와 구덩이Quatermass and the Pit〉에서

● 의식은, 의식하는 대상에 대해 특정한 의미를 부여하려는 특성이 있으며 이를 지
향성이라 한다. 이때의 의미/의도란 대상이 객관적으로 품는 것이 아니라, 의식하
는 주체가 대상에 부여하는 것이다.

가장 뚜렷하게 드러나는─은 이전에 초자연적인 것으로 받아들여졌던 무엇에 과학적인 동기를 재부여하는 것이다. 한편으론 '악마'로 이해될 수 있는 것이 또 다른 면에서는 특정한 종류의 물리적 주체로 나타난다. 닐도 동의하듯, 계몽주의 시대 이래 과학은 추가적인 정신적 실체가 없다는 입장을 유지해 왔지만, 우리가 사는 물질적 세계는 우리가 이전에 상상했던 것보다 더욱 이질적이며 이상한 곳이다. 그리고 닐은 특혜 받은 이성의 소유자라는 인간 주체의 탁월함을 주장하지 않는다. 그보다는 세상은 어떠한가라는 본질에 대한 질문이 인간이 스스로를 어디까지 끌고 왔는지 불가피하게 파헤친다는 점을 보여 준다.

닐의 작품 중심에는 힘과 의도에 대한 질문이 있다. 일부 철학자들에 따르면, 인간을 자연계와 결정적으로 분리하는 것은 무언가를 지향하는 능력이다. 지향성●이란 우리가 일상적으로 이해하는 바와 같이 의도라는 의미를 포함하지만, 실제로는 사물에 대해 특정한 방식으로 느끼는 능력과 관련되어 있다. 강들도 힘을 소유할지는 모르지만─강물도 변화를 유발하므로─강물은 자신들이 무엇을 하는지 신경 쓰지 않는다. 강은 세계에 대해 어떤 태도도 취하지 않는다. 닐의 가장 유명한 창조물인 과학자 버나

드 쿼터매스는 이런 차이점에 대해 고뇌하는 급진적인 계
몽주의 사상의 궤적에 속한다고 볼 수 있다. 스피노자, 다
윈, 프로이트 같은 급진적인 계몽주의 사상가들은 이 질문
을 끊임없이 제기한다. 지향성이라는 개념은, 자연계는 제
쳐 두고, 인간에게 어느 범위까지 적용될 수 있는가? 이런
질문이 제기되는 이유는 부분적으로, 급진적인 계몽주의
사상이 주장해온 철저하게 자연 법칙에 따른 설명 체계 탓
이다. 만일 인간이 소위 자연계에 완전히 속한다면, 도대
체 왜 그들에게만 특이 사례가 적용되는가? 급진적인 계
몽주의 사상이 도출한 결론들은 제인 베넷과 같은 소위 신
(新)유물론자들이 내세운 주장들과 정확히 반대되는 지점
에 있다. 베넷과 같은 신유물론자들은 인간과 자연계 사
이의 구분이 더 이상 유지될 수 없다는 사실은 인정한다.
하지만 그들은 이것을 이전에 인간에게만 속하는 것으로
생각되던 많은 요소들이 실제로는 자연 곳곳에 산재해 있
다는 의미로 해석한다. 급진적인 계몽주의는 정반대 방향
으로 흐르는데, 애당초 지향성과 같은 것이 있기는 한가,
그런 것이 있다면, 인간이 지향성을 지녔다고 말할 수 있
는가라고 질문한다. 그 답은 복합적이다. 지향성이라는
개념은, 인간에게 작용할 수는 있지만 인간이 일상적으로

지각하는 자기 성찰의 범주에서 볼 때 인간의 성격, 의도 혹은 감정이라 여기는 것과 일치하지는 않는다.

여기가 닐이 끼어드는 지점이다. 쿼터매스는 인간이라 간주되는 것에서 기계적이며 자동화된 이질적 기반을 발견한다. 쿼터매스 연구의 궁극적인 대상으로 등장하는 것은 프로이트가 『쾌락 원칙을 넘어서』(1920)에서 타나토스라 부르는 것이다. 모든 물질은 어느 범위까지는 살아 있다고 제안하는 신유물론자의 '생기 물질'이라는 개념과 대조적으로, 프로이트가 상정하는 타나토스에서 암시되는 바는 살아 있는 것은 없다는 것이다. 삶 역시 죽음의 영역이다. 이후에 프로이트가 타나토스와 에로스 간의 이중적 갈등에 대해 설토한 바는, 모든 생은 죽음에 이르는 여정에 불과하다는 『쾌락 원칙을 넘어서』의 꺼림칙한 일원론에서 한 발 물러났다고 볼 수 있다. 소위 생물이라 불리는 것도 실은 일종의, 무기체의 중첩일 뿐이다.

하지만 무기체는 이른바 자주적인 생명의 수동적이고 비활성적인 등가물이 아니며, 반대로 고유한 힘을 보유하고 있다. 죽음 충동은 가장 급진적인 설명 체계에 따르면 죽음을 향한 충동이 아니라, 죽음'의' 충동이다. 무기체는 사적이며 유기적인 듯 보이는 것까지 포함하여 모든 것을 조종하는 비인격적인 조종사이다. 타나토스의 관점에서 보면, 우리 자신이야말로 으스스한 것의 전형적인 사례가 된다. 우리 안에는 어떤 힘이 작용하고 있지만(무의식, 죽음 충동), 그 힘은 우리가 예상하는 곳에 존재하지 않으며, 우리가 예상하는 무엇도 아니다.

하지만 이것이 전부가 아니다. 여기서 핵심은 우리가 죽음 충동의 눈먼 노예라는 것이 아니라, 우리가 그 노예가 아니라면 이는 비인격적인 것이 작용하기 때문이라는 것이다. 바로, 프로이트가 타나토스라 부르는 이런 작용들을 발견하고 분석하는 데 일조한 과학 말이다. 그렇게 보면, 급진적인 계몽주의 과학자들이란 자신의 충동에서 타나토스적인 본성을 이해하면서도—바로 이 점을 이해하기 때문에—그런 충동에서 벗어날 가능성도 제시하는 자이다. 나는 이제 닐의 유명한 두 작품—〈쿼터매스와 구덩이Qutermass and the Pit〉(1958)와 〈돌로 된 테이프The Stone Tape〉(1972), 그리고 그의 잘 알려지지 않은 시리즈물 중 하나이자 쿼터매스 시리즈의 마지막 편으로 1979년 작 〈쿼터매스〉를 탐구해 보고자 한다.

〈쿼터매스와 구덩이〉는 홉스 엔드라는 런던의 가상의 지하철역에서 발굴된 어떤 것에 대한 이야기이다. 노동자들이 발굴해 낸 이것은 화성의 우주선으로 밝혀지는데, 그 안에는 곤충과 유사한 혐오스러운 존재들의 사체가 가득하다. 외계인이군, 우리는 생각한다. 하지만 닐의 시나리오에서는 탁월하게도 이 화성인들이 외계인─'우리와는 다른' 존재라는 면에서의─이 전혀 아닌 것으로 밝혀진다. 화성인들은 자기 행성의 파멸을 피하고자 오백만 년 전에 원시 인류와 상호 교배하여 자신들의 종족을 영속시키려 했다.

따라서 필연적으로 외계인과 인간 사이의 구분은 불확실하다. 쿼터매스 시리즈가 진행되면서 외계인은 급격히 친밀해진다. 〈쿼터매스 실험Quatermass Experiment〉에서는 외계인이 저 바깥 우주에 존재했다. 두 번째 〈쿼터매스 Ⅱ〉(일종의 영국판 〈우주의 침입자〉)에서는 외계인들이 이미 우리 중에 있다. 그리고 세 번째 〈쿼터매스와 구덩이〉에서는 우리가 외계인이다.

영화의 마지막에서, 쿼터매스는 화성인에 저항하며 진지하게 지구가 '화성인의 두 번째 죽은 행성'이 되지 않기를 소망하는데, 이는 우리 자신이 화성인이라는 영화의 무자비한 메시지에서 한 발 후퇴하는 듯 보이기도 한다. 그러나 닐이 이미 에로스와 타나토스, 인간과 화성인 간의

• 1945~, 미국 작가이자 문화비평가.

대립을 파괴했다 해도—인간을 파헤쳐 보라, 그러면 인간이란 그저 유기적인 타나토스의 본체 내 한 부분에 지나지 않는다는 사실을 발견하리라—그는 이를 발견했던 과학에 여전히 희망을 두고 있다

인류의 기원에 대한 보다 우울한 이야기를 다루는 큐브릭의 〈2001: 스페이스 오디세이〉(이후에 다시 다루게 될 것이다)와 〈쿼터매스와 구덩이〉는 또한 J. G. 발라드의 『침수된 세계The Drowned World』(1962)와 상당 부분을 공유하며 가장 중요하게는, 그레일 마커스•가 『립스틱 흔적Lipstick Traces』에서 '계통 발생적 기억'이라 칭하는 주제를 공유한다. 〈쿼터매스와 구덩이〉에서 기억은 '문자 그대로의' 기억, 깊이 감추어져 있지만 여전히 접근 가능한 정신적 자취(영화에서는, 우주선의 발굴로 촉발된)이다. 『침수된 세계』에서 '기억'은 인간이라는 물리적 형태 그 자체인, 발라드가 이르기를, '척추의 풍광들'에 암호화된다. 〈쿼터매스와 구덩이〉는 고고학적이며, 『침수된 세계』는 지질학적이다. 그러나 양쪽 다에서 인간의 신경계와 기억은 무기체의 기록—인간이 해독하거나 반복해야만 하는 충격적인 사건들의 유물로 여겨진다.

닐은 〈돌로 된 테이프〉에서 기록이라는 주제를 특히 중

시했다. 영화에서는, 한 무리의 과학자들이 새로운 연구 시설에 주거를 정한다. 이내 그 건물에 유령이 들렸다는 사실이 밝혀지고 그들 중 한 명, 여성 컴퓨터 프로그래머가 특히 그 유령(19세기에 불가사의한 추락으로 사망한 하녀)에 '민감하다'. 예상대로 과학자들은 회의적인 일축에서 현상을 규명하려는 광적인 집착까지 숨 돌릴 틈 없이 나아간다.

널의 논지는 유령의 출몰이나 유령이 문자 그대로 물질에, 그 방의 돌바닥에 기록된 특히 강렬한 현상이라는 것이다(그래서 제목도 〈돌로 된 테이프〉이다). 과학자들이 찾고 있던 것도, 마침 새로운, 보다 간편하면서 유지 가능한 기록 매체였다. 그러나 이 유령이 출몰하는 현상은 새로운 기록 매체의 가능성뿐 아니라 새로운 재생 매체의 가능성도 제시하는데, 바로 인간의 신경계이다. 의기양양하게 환희에 찬 순간(불가피하게도 암울한 대단원의 막이 내리기 전), 과학자들은 웃으며 완전한 무선 통신 시스템이라는 전망, 머리에 직접 쏘이는 전파 방식(윌리엄 깁슨의 사이버스페이스•에서처럼, 다만 송신기도 없는 채로)에 대한 농담을 주고받는다.

하지만 과학자들의 강박적인 활동은 테이프를―혹은 적어도 테이프에 마지막으로 기록된 것을 재생하게 된다.

무언가 다른, 무언가 보다 오래된 것이 그 아래서 움직이면서, 공포에 질린 여성 컴퓨터 프로그래머는 문자 그대로 19세기 소녀의 발자국으로 쓰러지며 완연한 공포 속에 죽음에 이르고 만다. 닐이 결말에서 암시하고자 한 바는 재생하는 매체와 재생되는 것 간의 구별의 와해이다. 시작 부분에서, 유령의 비명 같은 것들은 수동적이고 비활성화된 상태로, 유령이 출몰하는 방의 썩어 버린 목재만큼이나 힘을 가하는 것이 불가능했다. 하지만 결말 부분에 이르면, 인간들이야말로 반복하고자 하는 끔찍한 강박에 사로잡힌 것으로 드러난다. 마치 그 방—그 공간은, 마침내 암시되는 바, 상상할 수 없을 만큼 오래전에 제물을 바치던 장소이다—이 과학자들에게 또 다른 죽음을 촉발하도록, 똑같은 오래전 일련의 사건들을 다시 반복하도록 간청하는 것 같다. 인간 재생자들은 스스로 무분별한 반복이라는 영겁의 오래된 패턴의 일부가 된다. 또다시, 으스스한 타나토스인 것이다….

　타나토스는 과소평가된 쿼터매스 시리즈의 종결판에서 거대하게 모습을 드러낸다. 닐은 이를 60년대를 위한 레퀴엠으로 보았다. 초기 메시아적 신앙이 육성할 수 있는 타나토스적인 충동들에 대한 어두운 우화로. 새로운

* 홉스는 인간의 자연적인 무질서 상태를 '만인의 만인에 대한 투쟁'이라 표현했으
며, 이를 피하기 위해 사회적인 계약을 맺어 국가사회를 이룬다고 주장했다.
** 1968년 조직된 독일 테러리스트 단체. 이후 RAF로 알려졌다.
*** 1970년대 결성된 이탈리아 테러 단체.
**** 1980년대 미국 밴드.

지구에 대한 히피적인 꿈 대신에, 무아지경으로 들뜬 포스트 펑크적인 최초 떠돌이들―행성 주민―은 또 다른 세계, 또 다른 태양계로 탈출하기를 갈구한다. 쿼터매스의 풍광은 1970년대의 고민들을 직접적으로 투영하고 있다. 질식할 듯한 생태권, 연료 부족, 정전, 사회계약론이 붕괴되며 나타나는 홉스주의자들의 만인의 만인에 대한 투쟁*―60년대의 유토피아적 이념은 파괴되었다.

바리케이드가 쳐진 거리들, 배회하는 무장한 갱들(바더 마인호프**와 붉은 여단***에 영감을 받은)은 킬링 조크****의 앨범 표지나 보수당 선거 방송에서 걸어 나왔는지도 모른다. 그런 것이 1979년에 상상력이나 충동―반동분자, 네오-알카익, 혁명가―이 서로에게 무너져 내린 방식이었다(마치 노인의 거주지에 방치된 차량들에서 볼트 구멍들이 자꾸 풀려 가듯이 무너져 내렸다).

1979년 제작된 〈쿼터매스〉와 유사한 매체들을 고찰해 보고 싶다면, 블록버스터 영화들(〈스타워즈〉와 〈미지와의 조우〉, 둘 다 1977년)보다는 그해 인기를 끈 포스트 펑크 앨범들을 찾아 보라. ―터브웨이 아미의 〈레플리카Replicas〉, 조이 디비전의 〈미지의 즐거움Unknown Pleasures〉. 당시에 〈쿼터매스〉는 저 블록버스터 영화들과 필연적으로 비교당했고

● 장 미셸 자르, 1948~, 전자음악과 뉴에이지 작곡가.
●● 그리스도가 재림하여 천년의 왕국을 지배하리라는 설. 기독교의 정설이 되지는 못했다.

평가 절하되곤 했다. 그렇긴 해도, 〈미지와의 조우〉 초반부의 강박적인 장면들은 거의 닐스럽다. 다만 그 모든 것이 마지막에는 자르●적인 광선 쇼와 다소 귀여운 외계인의 등장으로 소멸되어 버린다. 소멸되는 것은 다름 아닌 으스스한 것 그 자체이며, 주인공들이 일찌감치 기계화되어 버린 것이나 마찬가지로, 외계인에 대한 수많은 질문들(사실, 외계인이 실재하는가라는 질문)은 그간 블록버스터 SF에서 표준이 되어 버린 것에 자리를 내줘 버렸다. 몹시 값비싼 특수효과라는 필수적인 구경거리에.

〈미지와의 조우〉와 〈쿼터매스〉의 공통점은 인류가 외계의 세력과 무의식적인 공모 관계에 돌입하게 된다는 설정이다. 그러나 〈쿼터매스〉는 스필버그가 굴복하고만 유혹─외계인을 인격화하는 것을 받아들이기를 전적으로 거부한다. 〈쿼터매스〉에서 외계인의 목적은 그들의 물리적인 형태처럼, 헤아릴 수 없이 불투명한 상태로 남아 있다. 우리가 그들에 대해 '깨닫는' 모든 것은 추측, 추론, 예상일 뿐이다. 그들은 모든 면에서 우리로부터 몇 광년이나 떨어져 있다.

닐의 원대한 주제들─외계인의 깊은 속내: 유기체를 전멸시키고자 하는 욕망─은 이번에는 초기 천년지복설●●을

● 점성술에서 자유, 평화, 우애의 시대로 믿어짐.
●● 1933~2004, 영국 시인, 출판업자, 배우.
●●● 런던의 반(反)문화에 대한 책.
●●●● 〈쿼터매스〉에서 일부 젊은이들은 외계인에 대한 맹목적인 추종을 보이며 외
　계인의 흔적을 찾아 환상열석 등을 찾아다니는데, 사실 외계인의 목적은 젊은
　이들을 받아들이는 것이 아니라 '거둬들이는 것'임이 밝혀진다.

분석하며 등장한다. 그의 청년 문화에 대한 해석은, 예상
대로, 물병좌의 시대●적인 유토피아보다 제프 너톨●●의
『폭탄 문화Bomb Culture●●●』(1968)와 더 관련이 있다. 군중으
로 함께 모이고자 하는 욕구는, 젊은이들의 무의식 속에
깊이 심어진, 어떤 절차에 대한 추종으로 상징적으로 나타
난다.●●●●

　닐이 흔히 구사하는 사이버고딕 신화―현재를 오랜 과
거의 유적으로 탈바꿈시키는―는 이번에는 신석기의 환
상열석에 초점을 둔다. 쿼터매스는 거석의 현장들이 트라
우마의 기록들이며, 그 돌들이 대량 학살의 기념물로 설치
되었다는 가설을 세운다. (종말론적 사건들과 환상열석 간의 유
사성은 사실상 이보다 3년 전, ITV의 1976년 아동 프로그램으로 기
억에 남을 만큼 으스스했던 〈돌의 아이들〉에서 다루어진 바 있다)

　환상열석은 쿼터매스가 이전에 인류를 '거둬들이기'하
던 곳이라고 불온하게 언급한 장소들이었다. 인간을 수확
하는 종족이 어떤 종족인지 누가 말할 수 있는가? 그들의
동기는 무엇인가? 단백질 섭취? 에너지를 채우는 흡혈 행
위? 쿼터매스는 그저 추측할 뿐이다. 여기서 닐은 환상열
석이 전형적으로 야기하는 으스스한 효과를 이용한다. 앞
서 언급했듯이, 환상열석은 우리에겐 완전히 쇠퇴한 상징

계의 구조물이다. 따라서 인류의 오랜 과거란 실제로는 그 제의나 주관성 유형이 우리에게 알려지지 않은, 해독이 불가능한 낯선 문명이다.

닐은 유스턴 제작사에서 밀어붙인 유명 스타 존 밀스의 캐스팅에 실망했다. 그는 안드레 모렐이나 앤드루 커(각각 〈쿼터매스와 구덩이〉의 TV 버전과 영화 버전에서 쿼터매스를 연기했던)를 선호했다. 그는 밀스가 영웅이기엔 부족하며, 모렐과 커가 그려냈던 인물과는 전혀 닮지 않았으리라 생각했다.

그러나 밀스의 조용한 분노, 인류에 대한 연민과 혐오, 가벼우면서도 결코 잃지 않는 위엄은 그를 거의 완벽한 쿼터매스로 보이게 했다. 밀스는 이 쇼의 윤리적인 결말인 우주적인 스피노자주의●에 끔찍한 권위를 부여한다. 젊은 천문학자 조 캡―자신의 전 가족을 잃은 충격에서 갓 벗어난―이 '악'을 말할 때, 쿼터매스는 그를 정정한다. "어쩌면 악이란 항상 누군가 다른 이에겐 선일지도 몰라. 아마도 그게 우주의 법칙이겠지."

적색편이의 신화적 시대

앨런 가너의 탁월한 소설 『적색편이Red Shift』(1973)는 작가가 철도역에서 본 "이제는 정말 아닌 더 이상은 아닌not really now not anymore"이라고 쓰인 낙서에서 나왔다고 한다. 이 문구에는 상당히 으스스한, 상당히 수수께끼적인, 상당히 암시적인 무엇이 있다. 익명의 낙서로 쓰였기에 더욱 그렇다. 이 정처 없는 시의 이름 없는 저자가 뜻한 바는 무엇이었을까, 그리고 이 문구는 그에게 어떤 의미였을까? 어떤 사건이―개인적인 위기, 문화적 행사, 어떤 불가사의한 폭로였나?―이런 글을 쓰게 했을까? 가너 이외의 다른 사람이 철도역 벽에 낙서된 이 문구를 목격했을까? 아니면 그 글을 본 사람은 가너뿐이었나? 그가 상상했다는 말은 아니지만―이 문구는 가너의 작품에 나타나는 덧없는 소용돌이들을 너무나 완벽하게 포착하고 있어서 마치 가너만을 위한 특별한 메시지인 것만 같다.

아마도 그것이 무엇이건 이 낙서를 쓴 이가 '의도'한 전부였는지도 모른다.

세상에서 가장 유명한 익명의 출처●를 믿는다면, "이제는 정말 아닌 더 이상은 아닌"이라는 말은 벽에 쓰인 두 연인의 이름 아래, 립스틱으로 휘갈겨져 있었다. 그런 경우에, 이 문구에 대한 해설은 ―표면적으로는―다소 평범해 보인다. 누군가― 두 연인 중 한 명, 혹은 그 친구들, 적들 혹은 경쟁자들 중 한 명, 혹은 그저 낯선 이—가 이 연인들의 상황에 대해 한 마디—빈정대는, 우울한, 분노한?—를 남기고 있었던 것이다. 아주 평범하진 않지만, 분명투명한, 담화적인 문구—"이제는 정말 아닌 더 이상은 아닌"—는 쉼표의 생략이라는 미덕 덕분에 시적인 불투명성을 획득한다. 그러나 이런 명백히 축소적인 해설조차이 문구에서 으스스함을 쫓아내지 못한다. "이제는 정말아닌 더 이상은 아닌." 가녀가 이 낙서와 마주친 데에는 무언가 운명적인 요소가 있었다고 하면 이 문구의 본질적인, 지울 수 없는 으스스함이 배가된다. 치명적인 덧없음이아니라면 이 문구가 암시하는 바는 무엇이겠는가? 이제아닌, 더 이상은 아닌, 정말로 아닌. 이것은 현재의 시간은서서히 무너진다는, 사라진다는 뜻일까—더 이상은 지금이 아니라는? 우리는 항상—이미인 시간에, 미래가 이미쓰인 곳에 존재하는가? 그렇다면 그것은 기실, 미래가 아니지 않은가?

하지만 우리는 너무 앞서가고 있다. 정확히 어떤 일이『적색편이』에서 벌어지는가? 그 '소설'—애매한 밀도 탓에산문시와 유사해 보이는 텍스트에는 부적절해 보이는 꼬리표이긴 하지만—은 세 개의 시간대를 병치한다. 고대

로마 제국 시대의 영국, 영국 내란, 그리고 소설이 쓰인 것과 동시대인 현재.

동시대 에피소드는 톰과 젠 사이의 고통스러운, 질식할 것만 같은 강렬한 관계를 중심으로 한다. 그들의 복잡한 관계에는 시작부터 답답한, 불만스러운 요소가 있었던 것 같다. 외적인 장애물들―톰의 부모가 이 관계에 보이는 적대감과 젠이 런던으로 이주하게 됨에 따라 발생된 커플 간 물리적 거리―은 내적인 장애물들 때문에 배가된다. 톰의 강박적 질투심과 소유욕 탓에 야기된 이 내적인 장애물들은, 젠이 연상의 남자와 바람을 피웠다는 사실을 톰이 알게 된 후에는 악의적―심지어 치명적―으로 변질된다. 젠을 소유하고자 하는, 젠이라는 존재 자체의 소유권을 주장하고자 하는 톰의 바로 그 욕망이 궁극적으로는 젠을 떠나게 한다. 젠이 점점 자기주장을 하고 결국 관계를 끝맺으면서 이는 젠보다 오히려 톰에게 급속히 자기 파괴적인 일이 되어 간다.

내란 에피소드에는 바솜리의 체서 빌리지에 사는 젊은 간질 환자인 토머스 로울리와 그의 아내 마저리가 등장한다. 그와 다른 마을 사람들이 교회에 되는 대로 바리케이드를 치고 왕당파 군대에 맞서던 중에, 로울리가 발작을 일으키면서 실수로 머스킷 총을 발사하는 바람에 왕당파들의 무자비한 침공을 받게 된다. 여자들은 강간당하고 로울리를 제외한 모든 남자들이 살해당한다. 하지만 로울리와 그의 아내는 가장 흉포한 왕당파 군사 중 한 명인 토머스 베너블스의 도움을 받아 안전해지는데, 그는 마저리의 옛 연인이기도 하다.

로마 점령 시대 에피소드는 사라진 제9군단●의 로마 군인들 중 한 명인 메이시에 중점을 둔다. 순진한 메이시는 군인들이 강간 후 포로로 억류한 켈트족 여사제와 친구가 된다. 결론적으로, 그 여사제는 빵에 독을 타 군인들을 죽이고 메이시와 탈출한다.

이 시대들 간의 관계는 수수께끼적이거나, 그도 아니라면 전혀 알 수 없다. 세 가지 에피소드의 공통점은―어떤 충격적인 요소들이 서로 다른 방식으로 되풀이된다는 것 외에―무기체인 신석기 시대 도끼로, 이 도끼는 세 커플 모두에게 상징적인 의미를 지닌다. 도끼는 다양한 기능을 하는데―시간, 지속성, 동시성을 표시하는 동시에 일종의 방아쇠로 작용한다(예를 들어, 로울리와 메이시에게 발작을 유발한다).

『적색편이』가 드러내는 것은 분명 서로 다른 역사적 사건들이 단순히 서로를 이어 받는 선형적인 속세의 일이 아니다. 혹은 타 에피소드와 부수적인 관계가 전혀 없는 것이 확실하며 단순히 어떤 유사성을 공유한 채로 제공되는 순수한 병치 관계의 에피소드들로 나타나는 것도 아니다. 그렇다고 우리가—SF나 판타지적 관습에서 익숙한—시간을 '뒤로' 그리고 '앞으로' 거슬러 과거, 현재, 미래가 서로 영향을 끼치는 인과관계에 대한 개념을 떠올리게 되는 것도 아니다. 이 마지막 가능성은 『적색편이』에 나타나는 행위에 가장 근접해 보이지만, 소설에서 각 시간대 사이의 이동은 너무나 완벽해서 우리에게 과거, 현재, 미래에 대한 확고한 감각을 전혀 남기지 않는다. 더 이상은 지금이 정말로 아닌 것이다. 그렇다면, 지금이란 없는 것인가? 과거가 현재를 소모해 버려 일련의 강박적 되풀이로 축소해 버렸기 때문에? 그리고 새롭게 보이는 것, 지금으로 보이는 것은 그저 시간을 놓치게 되는 구조를 유발할 뿐이기 때문에? 이런 구조가 아마도 『적색편이』에서 뒤엉키는(풀리는) 듯 보이는 냉혹한 숙명에 가장 가까울 것이다. 그러나 다른 역사적 순간들이 어떤 면에서 동시에 발생한다면, 이는 지금은 없다는 뜻이 아니라, 이 모두가 지금이라는 뜻이지 않을까?

『적색편이』를 가녀의 다른 소설들이나 다른 작가의 작품과 관련해 생각해 보면 완전히 다른 차원의 으스스한 재연이 뚜렷해진다. 이 작품은 일종의 기원이 없는 반복이다. 가녀의 초기작인 『엘리도어Elidor』(1965)와 『올빼미 서비스The Owl Service』(1967)에서 만들어진 모델의 확장과 변형으로 읽힐 수 있다. 1975년 '내면의 시간'이라는 강의에서, 가녀는 그의 소설들이 모두 특정한 신화의 '표출'로 볼 수 있고, 따라서 그의 『엘리도어』는 '차일드 롤런드와 버드 엘런'이라는 서사시의 '표출'이었으며, 『올빼미 서비스』는 웨일스의 신화 체계인 『마비노기온』에 나오는 '루, 블로듀웨드, 그로누'라는 신화의 '표출'이었다고 설명했다. 『적색편이』의 소재는 '탐 린'이라는 서사시였다. 뒤이어 내는 소설마다 가녀의 소설과 '표출된' 신화의 관계는 점차 간접적이되어 『적색편이』에 이르면, 찰스 버틀러가 이 소설에 대해 쓴 중요한 에세이, 「앨런 가녀의 '적색편이'와 '탐 린' 서사시의 변주」에서 언급했듯이, 대다수가 탐 린 설화와의 관계를 공상적이라거나 부자연스럽다고 치부할 정도가 된다. 버틀러는 탐 린 설화—혹은 설화의 시리즈나 복합이라 언급하는 편이 나을지도 모르겠다—를 다음과 같이 요약한다.

'탐 린' 이야기에는 다양한 변형이 존재한다. 『아이들을 위한 영국과 스코틀랜드의 유명 이야기들』에만 해도 아홉 개나 실려 있는데, 이게 전부가 아니다. 각 이야기마다 차이점이 많은 것이 상당히 의미심장한데, 우리가 곧 살펴보게 되듯, 그 서술을 대략 요약하자면 이런 식이다.

재닛이라 불리는 여자아이(어떤 이야기에서는 마거릿이다)가 부모의 반대를 무릅쓰고 카터호우(혹은 커토냐, 체스터스우드, 체스터 우드 등)로 떠난다. 부모는 그녀가 그 지역에 출몰하는 젊은 요정, 탐 린에게 순결을 잃을까 봐 걱정한다. 그곳에 도착한 재닛은 꽃을 꺾어 탐 린을 소환한다. 탐 린은 재닛을 물리치려 하지만 재닛은 카터호우가 자신의 소유이며 자신이 그만큼이나 그곳에 있을 권리가 있다고 응수한다. 집에 오는 길에 재닛이 임신한 것이 분명해진다. 그녀의 가족들은(다양하게 엄마, 자매, 형제 혹은 하인들은) 충격에 휩싸인다. 재닛은 탐 린이 아이 아버지이며 카터호우로 돌아가 탐 린을 찾거나 (일부 이야기에서는) 낙태를 유발하는 약초를 찾겠다고 주장한다. 탐 린이 나타나 자신은 결코 요정이 아니며 어릴 때 요정 여왕에게 납치된 인간의 아이라고 설명한다. 요정들과 함께하는 삶이 즐겁긴 하지만 칠 년마다 핼러윈에 요정들이 '지옥에 대한 공물'을 바쳐야 하는데 올해는 그가 희생양이 될 것 같다. 재닛이 그를 구하고자 한다면(그러므로 아이에게 아버지를 주고자 한다면), 그녀는 복잡한 절차를 수행해야 하는데, 탐 린이 요정 군단과 함께 지나갈 때 말에서 탐 린을 끌어내려 그가 여러 끔찍한 형상들로 변하는 동안 그를 놓지 않고 꼭 안고 있어야 하며 마지막으로 그녀의 푸른 망토로 그의 발가벗은 몸을 덮어 주어야 한다. 재닛은 이 모든 과정을 수행해 내어 탐 린을 요정의 여왕에게서 쟁취하고 여왕은 비통함에 잠긴다.

버틀러는 탐 린에 대한 명백한 언급들이 없음에도 불구하고, 『적색편이』에 이 설화(들)의 복잡한 메아리들이 상당수 존재한다고 설득력 있게 주장한다. 가장 명백하게 — 그리고 가장 피상적으로—투영된 부분은 몇몇 캐릭터의 이름이지만 — 탐과 재닛/마거릿의 변주인 톰/토머스와 젠/마저리—, 보다 심층적인 공명은 주제 층위에 있다. 사로잡힌다는 개념(신비한 형태 대신 간질 발작, 또한 황홀경 상태인—바로 그런 이유로—개인적 정체성이 충격적으로 무효화되는),

그리고 '안고 있기'라는 개념(토머스/메이시를 구하는 마저리와 여사제). 보다 광범위하게는 톰과 젠은 선형적인 시간에서 신화적인 시간으로 던져진다. 혹은, 보다 정확하게는, 선형적이라는 착각이 신화적 시간의 으스스한 반복과 동시성들 탓에 산산조각 나 버린다. 이는 근본적으로 『올뻬미 서비스』에 등장하는 세 명의 주요 캐릭터에게 일어나는 일이다. 그들은 치명적인 에로틱한 분투에 빠지게 되며 자신들이 신화적 인물들인 루, 블로듀웨드, 그로누라는 설화 속 인물들이라고 가정한다. 마치 청소년기의 성적인 에너지와 무기체인 유물(이 경우에는 올뻬미 디자인으로 장식된 티 세트)이 결합해서 고대 전설이 되풀이되는 계기를 촉발시킨 것 같다. 다만, '되풀이'라는 말이 여기에 적절한지는 명확하지 않다. 만약 이 신화가 조건만 맞으면 언제든 시행될 수 있는 체계라 본다면, 그 신화가 다시 예시되었다고 하는 편이 더 정확한지도 모르겠다. 하지만 신화는 개개인들을 선형적인 시간에서 납치하여 신화의 '고유한' 시간으로, 반복되는 매 신화마다 어떤 면에서는 늘 처음이 되는 그 시간으로 옮겨 놓을 정도로 되풀이되지는 않는다. 여기서 신화는 〈돌로 된 테이프〉에서 과학자들이 빠져든 치명적이며 강박적인 구조와 같은 무엇일 것이다.

156

『적색편이』에서, 가녀는 실은 자신이 『올빼미 서비스』에
서 서술했던 바를 실제 벌어진 일로 탈바꿈시킨다. 독자
는 신화적 시간으로 납치되는데, 마치 가녀가 압축과 생략
을 통해 선형적 시간과 서술을 압박한 나머지 그것들이 사
라져 버린 것과 같다. 우리는 선형적 시간에 대한 지각이
나 이때의 경험이 트라우마 때문에 무너진 것이 아니라 시
간 '그 자체'가 훼손되었다는 인상을 받는다. 덕분에 우리
는 '역사'를 무작위적으로 이어지는 사건들이 아니라 일련
의 충격적 사건들로 이해하게 된다. 파괴된 시간, 역사를
악의적인 반복으로 보는 감각을 세 명의 주인공(톰/토머스/
메이시)들은 발작과 파멸로 '경험'하게 된다. 내가 여기서
'경험'이라는 말을 인용부호 안에 넣는 이유는 세 캐릭터가
겪는 주체성의 개입이 배제된 부류의 무엇은 경험을 가능
케 하는 조건들을 제거하기 듯 보이기 때문이다. 이 이유
로, 나는 버틀러가 "세 명의 남자들은 실상 하나의 초역사
적인 인격을 구성하며 그들 모두의 경험은 동시발생적이
다."라고 주장하는 것이 지나치게 빠른 단언이라고 생각
한다. 이와 정반대로도 주장할 수 있다. ─이 세 남자들이
일견 '동일한' 개인을 구성한다기보다, 그들 모두에게 자아
라는 일관성 있는 혹은 통합된 감각이 결핍된 것이라고.

마찬가지로, '동일한' 순간을 공유한다기보다, 메이시, 톰, 토머스가 분열된 시간에―동일함, 통일성, 존재가 제거된 시간에 존재한다고도 말할 수 있다.

그렇게 볼 때, 닐처럼 가너의 작품도 힘과 의도라는 질문에 대해 끝없이 고뇌한다. 자유의지는 실종된 상태 혹은 적어도 철저히 타협한 상태이다. 인간의 자유는 '자유의지'와 매우 다르다. 인간의 자유란, 사람들이 스스로를 대입하는 인물에게서 힘을 끌어내는 (무의식적인, 신화적인) 구조에 속하는 힘의 근원과 함께 고려될 때만 확고히 할 수 있는 것이다. 풍광―『적색 편이』를 비롯해서 그의 많은 소설에 등장하는 체셔의 풍광과 『올빼미 서비스』에 나오는 북부 웨일스의 풍광―은 이런 신화적 구조에 필수적인 요소이다. 가너는 소설 전반에 걸쳐 풍광이 지닌 으스스한 힘을 지적하면서, 물리적 공간들이 지각을 결정 짓는 방식과 특정한 영역들이 충격적인 사건들로 얼룩 지어지는 방식을 거듭 상기시킨다. 가너가 이해하는 바에 따르면, 신화란 단순히 허구 이상의 무엇이며 환상적인 것이라 일축할 수 없다. 오히려 신화는 인간의 삶을 소위 가능케 하는 가상의 기반 구조 일부이다. 먼저 인간이 있고, 신화가 그 이후에 생물학적 핵심에 덧붙여진 일종의 문화적 외

• 1918~1990, 마르크스 사상에 큰 영향을 끼친 프랑스 철학자.

피로서 발생되는 것이 아니다. 인간은 그 시작부터, 혹은 시작도 하기 전, 개인이 탄생하기도 전부터―신화적 구조에 얽혀 있다. 말할 필요도 없이, 가족이란 그 자체로 신화적 구조에 다름 아니다. 루이 알튀셰르•는 인간이 결코 단순한 생물학적 존재가 아님을 강조하면서, 이데올로기 같은 가상의 문화적 기반구조를 언급하고 그 바깥에서 살기란 불가능하다고 주장한다. 하지만 우리는 저스틴 바턴이 이용하는 언어의 사용역에 손쉽게 이동해서 꿈과 이야기에 대해 말할 수 있다. 가너의 소설들은 꿈과 이야기의 힘―으스스한 힘― 을 복합적으로 반영하는 미덕을 통해 순수한 리얼리즘과 판타지 양자의 한계들을 극복해낸다.

내부를 밖으로, 외부를 안으로:
마거릿 애트우드와 조너선 글레이저

◇

나무 상자 속 여자가 톱으로 잘려 나간다. 수영복을 입
고 웃으면서. 거울을 이용한 마술이라고 나는 만화책에
서 읽는다. 다만 내 경우엔 사고가 있었고 내가 잘려 나
왔다. 다른 반쪽, 상자에 갇힌 쪽이 살 수 있는 쪽이었
다. 나는 그릇된 쪽, 분리된, 가망이 없는 쪽이었다. 그
저 머리통에 지나지 않는, 아니, 그보다 못한, 마치 엄지
손가락 같은 무엇이었다. 무감각한.

쾌락과 고통은 함께 온다지만 뇌라는 것은 대체로 중립
적이다. 무감각하다. 마치 지방처럼. 나는 감정들을 연
습했다. 이름을 붙여 가면서. 기쁨, 평화로움, 죄책감,
안도감, 사랑, 증오, 반응하고, 연계하고. 무엇을 느끼는
가는 무엇을 입는가와 같았다. 다른 이들을 관찰했고,
기억했다. 하지만 거기 유일하게 존재했던 것은 내가 살
아 있지 않다는 두려움뿐이었다. 부정, 핀의 그림자와

핀을 팔에 찔러 넣었을 때 느끼는 것 사이의 차이. 학교에서 책상에 갇혀 곧잘 나는 그런 짓을 했다. 펜촉과 컴퍼스 끝으로, 지식의, 영어와 기하학의 도구로. 쥐들은 무감각보다는 무엇이든 감각을 선호한다고 한다. 내 팔 안쪽은 작은 상처들이 점점이 가득했다. 마치 중독자처럼. 사람들은 그 팔에 바늘을 찔러 넣었고 나는 추락하고 있었다. 마치 한 차원의 어둠에서 더 깊은, 가장 깊은 곳으로 가라앉는 것 같았다. 무감각한 상태에서 옅은 녹색을 거쳐 마침내 일상의 빛 속에서 일어날 때면 아무것도 기억나지 않았다.

끔찍하게 느껴지지는 않았다. 나는 내가 거의 아무것도 느끼지 못한다는 점을 깨달았다. 오랫동안 그런 상태였다. 어쩌면 평생 그래왔는지도 모른다. 어떤 아기들이 듣지 못하거나 느끼지 못하는 채로 태어나듯이. 하지만 그게 사실이라면 내가 그 결핍을 느끼지 못했으리라. 어느 순간 나는 목까지 잠겼음이 틀림없다. 얼어붙은 연못이나 어떤 상처가 나를 머릿속에 가둔 것이다….

_『부상Surfacing』 마거릿 애트우드

마거릿 애트우드의 1972년 작 『부상』과 조너선 글래이저의 2013년 영화 〈언더 더 스킨〉은 으스스한 것의 상호 보완적인 사례들이다. 『부상』에서 우리는 모호한 '내부'에서 바깥쪽으로 옮겨 간다. 〈언더 더 스킨〉에서는 안은 외부에서부터 파악된다. 라캉이 상징계(이를 통해 문화적 의미가 부여되며, 라캉에 따르면, 아버지라는 이름으로 보장되는 체계)라고 부르는 것과 두 주인공의 문제적 관계는 두 주인공다 이름이 없다는 사실로 강조된다. 『부상』의 화자는 자신이 한 여자의 역할을 연기해 온 외계인 같다고 느낀다. 반면, 〈언더 더 스킨〉의 주인공은 인간인 척 가장한 실제 외계인이다.

『부상』은 아버지의 실종이라는 수수께끼를 다룬다. 화자는 퀘벡에 있는 자신의 어린 시절 집으로 돌아가 캐나다의 황무지 속으로 사라진 아버지를 찾고자 한다. '무슨 일이 벌어졌나?'라는 질문은 작품에서 내내 사라지지 않으며, 이 미스터리에 끝내 해답이 없는 것—아버지만 끝내 발견되지 않는 것이 아니라, 화자 역시 실종된다. 닻을 올린 채, 좌표도 없이 이동하면서—은 으스스한 기운이 결코 가시지 않음을 의미한다. 가녀와 마찬가지로, 『부상』역시 지역적인 힘에 대단히 민감하다. —비록 과도한 신념

● 정신질환을 질병이 아니라 정치, 사회적인 차원에서 문제를 규명해야 한다는 주장
으로 1960년대 등장했다.

이 낡은 내란이라는 역사를 품은, 그리고 잔혹한 행위며 투쟁이 넘쳐났던 영국 시골은 아니지만 캐나다 숲의 인적이 없는, 약속과 위협이 가득한, 그 개방적이며 위협적인 공허함이 가득한 공간에. 『부상』에 출몰하는 것은 역사의 유령이 아니라 바깥 공간 혹은 인간 그 자체라는 위협이다. 우리가 파악할 수 있는 바로는, 화자의 아버지는 야생의, 그 짐승들이며 관련 설화가 지닌 치명적인 매혹의 먹이가 된 것 같다. 화자는 아버지가 살던 오두막집에 들어섰을 때, 아버지가 종이 가득 동물인지 인간인지 모를 기괴한 존재들을 그려 놓은 것을 발견한다. 광기의 징조일까, 혹은 현대 문명에 통용되는 것을 뛰어넘는 주술적인 통로를 내기 위한 대비일까? 당대의 반(反)정신의학^{anti-psychiatry}적인 수사법으로 주장해 본다면, 이 두 가설 사이에 실제 차이점이 있는가? 문명에 대한 거부가 조현병으로—주관, 사고, 감각이라는 지배적인 형태들과 상응할 수 없는 외부 세계로 흐르지 않은 경우는 없지 않은가?

어떤 면에서, 『부상』은 호전적인 희열감이 충만했던 60년대 이후 고통스러운 깨달음의 기록으로 읽힐 수 있다. 애트우드 특유의 차가운 문체는 60년대의 달아오른 음부를 얼어붙게 하면서 반쯤 버려진 캐나다 숲에서 어느 문학

작품 못지않게 매혹적이며 으스스한 새로운 풍경을 도출한다. 보수적으로 읽으면, 여기서 표면화되는 것은 60년대의 관대함 덕에 제공되었다고 믿는 결과들일지도 모른다고 생각하게 된다. 억눌린 것―이런 의미에서는 억압 자체의 힘을 의미하게 될―은 이름 없는 화자의 낙태된 아이라는 유령 같은 형태로 돌아와 배설물과 해파리 같은 태아 부스러기가 떠다니는 어두컴컴한 호수 공간에서 맞닥뜨려진다. 상징계의 하수관에 버려진, 낙태된 혼합물로써. 화자가 어떤 '완전함'을 '회복'하게 하기는커녕, 이 잃어버린 대상의 복구는 화자의 무의식이 인위적으로 구성한 차폐 기억과 환상의 부서지기 쉬운 콜라주를 파괴하면서, 그녀를 얼어붙은 불안 상태에서 정신병으로 내던져 버린다. 이는, 보수적으로 읽자면, 그녀의 부도덕함에 대한 적절한 처벌일 것이다.

이런 보수적인 읽기를 거부하는 것은 상당히 위태롭지만, 으스스한 것이라는 개념이 이런 문제에 도움이 될 수 있다. 애트우드의 화자는 자신이 설 곳이 없음을 급속도로 깨닫게 된다. 그녀에게는 '일상적인' 주체성을 구성할 만한 무엇을 느낄 능력이 없다. 그녀는 자기 외부에 있다. 즉 스스로에게 미스터리이자 지배적 구조에 생겨난 일종의 반사적인 공백, 바로 으스스한 수수께끼이다. 핵심은 그렇다면 지나치게 신속히 이 수수께끼를 해결할 것이 아니라 그 수수께끼가 던지는 질문들을 저버리지 않는 것이다.

화자가 경험하는 대항 문화는 허구에 지나지 않는다. 자유를 옹호하는 그 수사법은 친숙한 남성 특권의 합법화에 기여할 뿐 아니라 착취와 정복을 위한 새로운 합리화를 제공한다. 1972년, 지배 구조를 전복시키고 대체하고자 하는 대항 문화의 꿈은 일련의 공허한 제스처, 경직된 수사법에 그 자리를 내주었다. 『부상』은 닳고 닳은 대항 문화의 안이한 제스처를 거부하지만, 대항 문화가 거부하는 (요컨대) 안전하고 안정된 세계를 지지할 여지는 없다. 유기적으로 견고하다고 여겨지는 세계—화자 부모의 세계, 사람들이 마치 뒤뜰의 꽃처럼 자라는 아이들을 키우는 곳이라고 화자는 상상한다—는 끝났다고, 애트우드의 화자는 다소 애석하게 언급하지만, 향수 어린 갈망에까지 이르지는 않는다. 『부상』이 제기하는, 그리고 남겨 두는 문제는 그녀의 불만족 상태를 치료가 필요한 병적 측면으로 다루기보다 어떻게 기능하게 할 것인가이다. 상징계/문명으로의 성공적인 복구를 통해서인가 아니면 상징계를 뛰어넘

• 1930~, 벨기에 출신 철학자. 프로이트의 정신분석학을 남근중심주의 담론이라 비판하며 파란을 일으켰다.
•• 그간의 주류 철학이 여성을 남성을 비추는 반사경으로서만 적용한 것을 비판하고, 여성의 주체적인 여성권을 주장한다.
••• 1925~1995. 프랑스 철학자.
•••• 1930~1992. 정신분석학자.
••••• 벤 우다드의 2012년 작『점액의 역학: 세대, 돌연변이, 혐오스러운 생명체』Slime Dynamics: Generation, Mutation, and the Creep of Life』에 언급됨.

어 언어 이전의 자연 상태로 나아가는 어떤 정화의 여정을 통해서인가. 다시 말하자면 어떻게 화자의 정서적인 난독증을 교정하기보다 지킬 수 있을까?

어떤 면에서, 『부상』은 뤼스 이리가레•의 『반사경: 타자로서의 여성Speculum:Of the Other Woman』••, 질 들뢰즈•••와 펠릭스 가타리••••의 『안티 오이디푸스』 같은 텍스트들과 동일선상에 있다. 이 저술들은 불만, 비참함, 정신병을 부적응의 징후로 보기보다 아직 상상 불가한 외부 세계의 흔적으로 다루고자 시도한다. 조현증적 분열-황홀의 순간 드러나는 화자의 시각은 들뢰즈와 가타리가 『천 개의 고원』에서 논할 '비유기적인 삶'과 '짐승 되기'와 닮아 있다. "사람들은 내 안에 죽음이 가득하다고, 내가 슬픔에 젖어 있다고 생각한다. 하지만 아무것도 죽지 않았다. 모든 것이 살아 있다. 모든 것이 살아나기를 기다리고 있다." 그러나 이 들뜬 섬망은 들뢰즈보다는 벤 우다드가 '다크 바이탈리즘'이라 칭한 것과 더 어울리며, 동물의 장기에 해당되는 부위가 없이 물이 된 신체에 흘러넘치는 것은 우다드의 불길한 '혐오스러운 생명체•••••'와 유사하다. "숨소리가 들린다. 억누른, 지켜보는. 집 안이 아니라 온 사방에서." 상징계의 굴욕을 넘어선 장소는 단순히 외설적인, 비언어적인

'삶'의 공간이 아니라 모든 것이 무감각해지는 곳, 그리고 죽은 자들이 문명에서 추방되면 가게 되는 곳이다. "여기가 내가 죽은 것들을 버리는 장소이다…." 상징계의 죽음과 다름없는 삶을 넘어 죽은 자들의 왕국이 있다. "그것은 내 밑에 있었다. 생명이 없는 가장 깊은 차원에서 내게 떠밀려 온 시커먼 타원형의 질질 끌리는 사지가. 흐릿하지만 그것에는 눈이 있었고, 그 눈이 떠져 있었다. 그것은 내가 아는 것이었다. 죽은 것. 그것은 죽어 있었다."

『부상』은 또 다른 60년대 말/70년대 초적인 흐름인 포스트 사이키델릭의 일부로 놓고 볼 수도 있다. 피와 기타 체액들로 끈적거리는 애트우드의 호수는 마일스 데이비스가 1969년에 투척하는 새로운, 긴장증적인 〈개새끼들의 파란Bitches Brew〉과 공통점이 있으며, 불과 6년 뒤에는 존 마틴이 〈짙은 공기Solid Air〉와 〈하나의 세계One World〉에서 탐구하는 심해 영역에 다다른다.

담녹색이다가 이내 어두워지는, 층층이 전보다 더 깊어지는 바다 밑. 물은 걸쭉해진 듯했고, 그 안에서 아주 미세한 불빛들이 깜박이며 재빠르게 사라졌다. 빨갛고 파랗게, 노랗고 하얗게. 나는 그것들이 물고기임을 깨달았

> **다. 지느러미는 인광을 발하고 이빨은 네온 빛인 갈라진 틈의 거주자들. 내가 이렇게 깊이 내려왔다니 멋진 일이었다….**

하지만 이렇듯 정체성이 용해된 공간들은 상징계에서 잠시 떠난 어느 남자의 괴로웠다가 잠잠했다가 하는 관점이 아니라, 애초에 상징계에 완전히 통합된 적이 없는 이의 관점에서 접근된다.

『부상』은 애트우드가 이후에 발표한 『오릭스와 뜸부기 Oryx and Crake』처럼, 일종의 다시 쓴 프로이트의 『문명 속의 불만』이다. ─70년대 초에 나온 급진적인 이론들은 모두 이 프로이트의 텍스트와 겨뤄야만 했고 이 텍스트를 간과할 수도 없었다. 『오릭스와 뜸부기』의 결말부에서처럼, 『부상』 역시 화자가 '오릭스'의 스노우맨처럼 상징계를 넘어선 조현병적 공간과 문명으로 돌아오는 어딘가 사이에 멈춘 채, 유예의 순간으로 마무리된다. 아마도 『부상』에서 가장 통찰력 있는 부분이라면, 문명/대타자/언어가 끝내 리비도든 광기든 혹은 신비주의든 단독으로는 극복될 수 없는 것이라는 점을 받아들이는 데 있다. 그러나 이 모든 것에도 불구하고, 『부상』은 현실원리에 동의할 것을 추천하지 않는다. "우리에게 말의 중재란 필수적이다." 화자는 인정한다. 하지만 이 '우리'란 누구인가? 처음엔, 단지 화자와 그녀가 막 받아들이려는 참인 그녀의 연인을 아우르는 듯 보인다. 그다음엔 '우리'를 보편적인 인간으로, 그렇게 이 소설을 문명과 문명에 불만을 품었던 이들 간의 싸구려 화해로 끝나는 것으로 읽고자 하는 마음이 든다. 그러나 '우리'를 화자처럼 인류에 전혀 적절히 섞여 들지 못하는 사람들을 가리키는 것으로 생각하는 편이 훨씬 흥미롭다. 어떤 언어가, 어떤 문명이 이런 불만족을 양산하는가?

〈언더 더 스킨〉은 동일한 영역을 탐구하지만, 다른 방향으로 접근한다. 이 영화는 기대할 수 없는 소재들에서 어떻게 으스스한 것을 생산해 내는가에 대한 사례 연구로 볼 수 있다. 영화의 원작인 미헬 파버르의 소설은 충분히 인상적이지만 으스스한 효과는 그다지 내지 못한다. 혹은, 더 정확히 말하자면, 서술이 진행되면서 으스스한 것의 흔적을 완전히 사라질 때까지 순차적으로 제거해 버린다. 이 소설이 육식과 축산업에 대한 문학적-SF적 풍자임은 곧장 알아볼 수 있다. 인간이 외계인 축산업자의 먹잇

감이 되면서, 인간의 육식 관련 윤리의 모순점들이 노출되고 조롱거리가 되기 때문이다. 소설은 말하는 짐승들까지 완비된 우화이다(물론 풍자-우화적인 반전의 핵심은 외계인 입장에서 볼 때 그 '말하는 짐승'이 바로, 포획하는 순간 혀를 제거해야 하는 인간들이라는 점이지만).

영화는 전혀 다른 물건이다. 사실상, 소설 시작부터 이런 점을 유추할 수 있다. 홀로 차에 탄 채 스코틀랜드의 A-로드를 따라 달리면서 한 젊은 여자가, 혹은 젊은 여자처럼 보이는 것이 인간들을 쫓는다. 소설에서는 이 '젊은 여자'가 이설리이며, 수술로 모습을 바꾼 외계인으로 행성을 넘나드는 거대 정육 업체의 고용인임을 바로 알게 된다. 그녀가 자신의 차로 유인해서 진정제를 주사하는 인간들은 최상급 고깃덩이처럼 보이기 때문에 목표물이 되었다.

영화는 이런 정보를 일체 거부한다(사실상, 영화에 이런 설명적인 개입이 약간이라도 있는지 자체가 불투명하다. 주인공이 이설리라 불리는지도, 그녀가 정육 회사에서 일하는지도 전혀 알 수 없다). 거칠게 말하자면, 으스스한 감각을 양산하는 가장 빠른 방법은 이런 식으로 정보를 제한하는 것이라 할 수 있다. 하지만 내가 앞서 주장했듯 모든 미스터리가 다 으스스한 것은 아니다. 이질적인 것이라는 감각이 반드시 존재해야 하며 이 이질적인 감각이야말로 글레이저가 파버르의 원작에 덧붙인 것이다. 물론 이런 추가사항에는 흥미로운 요소가 있는데, 이 덧붙여진 것들이 실상 관찰자의 시점에서는 공백들이기 때문이다. 파버르의 소설에는 외계인의 이질성을 제거하고 그들과 우리 사이에 동질성을 부여하려는 경향이 나타난다. 표피 아래서, 우리는 동일하다(이는 파버르의 소설에서 외계인들이 스스로를 '인간들'이라 부르면서 더 강화된다). 이와 대조적으로, 영화는 외계인과 호모 사피엔스 간의 차이점을 강조할 뿐 아니라 인간 문화에서 표면적인 친숙함을 벗겨내며 당연하게 받아들여지는 인간 문화를 모호하지만 외부적인 관점에서 보여 준다.

으스스한 감각을 양산한다는 면에서, 영화는 소설보다 유리한 위치를 점한다. 주인공(스칼렛 요한슨이 연기하는)에 내적인 삶을 부여할 필요가 없기 때문이다. 이는 그녀의 내적인 삶의 본질이 미해결 상태로 남아 있다는 것만 의미하지 않는다. 그녀에게 그럴듯한 견지에서 '내적인 삶'이라 할 만한 무엇이 있는가라는 질문도 남아 있다. 요한슨이 연기하는 캐릭터는 외부에서 보일 뿐이다(상호적으로, 그녀의 읽기 어려운 행동, 동기나 '평범한' 정서적 반응의 결여가 우리에게 그녀가 포식자로 활동하는 사회에 대한 외적인 관점을 부여하는 것처럼). 그녀의 언어는 직설적이고, 기능적이다. ―어쩌면 언어와 억양이 능숙하지 않아 제한을 받는지도 모른다(영화가 시작할 때, 그녀가 영어로 발음을 연습하는 소리가 들린다). 어쨌든, 그녀는 인간을 자신의 차로 끌어들이는 데 필요한 만큼만 말한다. 그리고 이런 일은, 우연히도 어떤 부류의 남성에게는 신랄한 비판일진데, 대개 많은 말이 필요치 않다. 그녀는 자신을 설명할 필요가 전혀 없고 그녀가 말하는 모든 것은 어떤 경우든 속임수에 지나지 않는다. 그녀는 결코 목소리에 감정을 싣지 않는다. 다른 외계인과 소통할 때, 그들은 말을 하지 않는다. 그들에게 고유한 언어가 있을까―혹은 그들에게 언어란 단지 인간을 속이기 위해 획득한 수단일까? 그들에게도 우리가 우리에게 있다고 생각하는 것과 같은 종류의 감정이 있을까? 영화는 이 외계인들이 어떤 존재인지, 혹은 그들이 무엇을 원하는지― 기실, 그들을 움직이는 것이 '욕망'으로 이해될 수 있는 것이라면 말이지만―사실상 아무것도 말해 주지 않는다.

글레이저가 추가한 가장 의미심장한 것은 인간 사냥감이 포획되는 장면들일 것이다. 소설에서는 포획이 그저 인간이 앉은 자리에서 약물을 주입당하는 단순한 사건이다. 영화에서 이 포획은 미확인된 구역, 반추상적인 공간에서 발생한다. 인간은 여기서 옷을 반만 걸친 요한슨 캐릭터에 다가가다가 자신들이 역겨운 검은색 분비물에 서서히 빨려들고 있음을 알게 된다. 이런 장면들—차갑게 몽환적인, 음울하게 환각적인—은 빈사 상태로 빠져들 때 느끼는 중독된 인간의 마음 상태를 표현하는 것일까? 혹은 이는 실재하는 공간으로, 이 검고 진득한 분비물은 외계의 기술일까? 혹은 어떤 해설자가 제안했듯, 외계인이 섹스할 때의 느낌일까? 영화는 어떤 답도 제시하지 않으며, 이후 장면들은 이 악몽을 더욱 혼탁하게 할 뿐이다. 포획된 인간들 중 몇 명이 이제 완전히 이 분비물에 잠겨 의식이 없는 채 부풀어 있다(아마도 소설 원작에서 인간 먹이를 살찌우는 것을 참고한 것 같다). 그들이 서로에게 애절하게 다가갈 때 그 신체들 중 하나가 끔찍하게 빨려 들어 솟구쳐 내린다. 마치 그 신체가 으깨지는 것을 의미하듯, 분출하는 피처럼 보이는 이미지가 끼어든다. 이는 소설에 묘사된 반추상적인 육가공 이미지일 수도 있고 혹은 어떤 다른 에너지 전달 방법(상상하기 어려운)을 제안하는 것일 수도 있다.

이런 단편들—아주 많은 으스스한 생략들—은 이 외

계인들을, 그들이 외계인이라면 말이지만, 그 어떤 영화 속 존재 못지않게 이질적으로 만든다. 하지만 요한슨 캐릭터가 자신의 밴을 몰고 인적 없는 샛길과 붐비는 클럽에서 인간을 태우는, 혹은 글래스고의 붐비는 거리에서 잠재적인 희생자를 물색하는 장면들은 반전된 으스스한 효과 비슷한 무엇을 불러일으킨다. 여기, 현대 자본주의 문화가 산재한 이곳이, 외부자의 눈을 통해 드러난다. 요한슨 캐릭터의 평이한 어조는 『부상』에서 화자가 자신의 내적 상태를 묘사하듯 그녀의 시선을 외부에서 오게 만든다. 무감각하고, 무심하게. 그러나 이렇듯 무심해 보이는 것은 물론 전혀 다른 정서적 태도일지 모른다. 혹은 우리가 감정이라 이해하는 것을 수용할 여지가 전혀 없는 어떤 유형을 제시하는지도 모른다. 결국, 이런 존재들은 인간보다는 곤충과 공통점이 더 많다.

요한슨의 평이함과 영화의 상당 부분에 적용된 자연주의적인 촬영 방식 사이에는 어떤 관련성이 존재한다. 그녀는 영화가 내내 초점을 두는 인물—청중의 인지적 핵심—이지만 우리가 동일시할 수 있는 바는 거의 없기 때문에, 일종의 카메라 유사체로 기능한다. 행인들이 오가고 특별히 배우가 등장하지 않는 즉흥적인 장면들에서, 우리는 우리가 습관적으로 떠올리는 연상들 없이, 주류 영화에서 일반적으로 중재를 맡는 일종의 고찰 없이 인간의 행위와 상호 작용과 문화를 경험하게 된다. 이 장면들에는 표준적인 분류, 서술, 감정적인 내용이 결여되어 있기에, 자연주의는 자연성이 사라지고 카메라는 효과적으로 외계인 인류학자의 시선을 따라간다.

영화가 진행되면서, 요한슨 캐릭터는 포식자에서 급속도로 연약한 인물이 되어 간다. 필연적으로, 이런 변화는 그녀가 점차 인간 문화에 몰두해 가는 것과 일치하며 그녀는 인간의 애정과 관계를 이해하고자 하는 시도라 할 법한 일에 관여한다. 영화에 등장하는 충격적인 섹스 신에서 그녀는 수동적으로, 그리고 제대로 이해하지 못하는 듯 보이면서 상대 남성에게 굴복하고, 이후 마치 심하게 상처입은 듯 손전등으로 자신을 살펴본다. 인간의 섹스가 낯선 무엇, 충격 받은 외계인의 관심의 대상이 되는 것이다. 이 장면이 일으키는 불안감은, 또다시 소설과 비교되는 부분으로, 이후에 외계인이 취한 인간의 몸이 일종의 의체라는 점을 알게 될 때 더욱 강렬해진다. 우리는 이런 사실을 상당히 괴롭게 느껴지는 절정의 장면, 한 행인이 그녀를 강간하려 시도할 때에 이르러서야 겨우 깨닫게 된다. 남자가 그녀를 덮칠 때 그녀의 의체 일부가 떨어져 나가며 그녀의 등에 마치 옷이 찢긴 틈처럼 크게 갈라진 구멍이 남는다. 그러자 이 외계인은 파괴된 인간의 의체를 버리고 또 다른 형체―세세한 이목구비들이 결여된, 매끄러운 검은색 휴머노이드 형태―를 그 잔해에서 드러낸다. 노출된 그 외계의 형체는 이제 스칼렛 요한슨의 얼굴을 마치 그것이 라텍스 마스크인 양 관찰하는데, 이는 앞서 요한슨이 거울에 비치는 자신의 벌거벗은 몸을 이상하리만치 냉정하게, 그러나 감탄스럽게 관찰하는 유사한 장면의 반향이다. 이제 이 거울 장면이 우리가 거울을 들여다볼 때 일어나는 '일상적인' 자기 객관화를 강화한 것임이 분명해진다. 이 외계인은 자신을 보는 것이 아니라 자신이 걸치고 있는 인간의 몸을 들여다보는 것이다.

하지만 외계인 주체와 인간의 몸-객체 사이의 이런 괴리는 '평범한' 인간의 주관성에 기저가 되는 환상적인 구조들을 전면으로 가져올 뿐이다. 두려움이라고는 거의 없는 이 형체가 자신의 인간 형태를 버리는 절정의 이미지는 주체와 몸의 관계라는 어떤 집요한 판타지와 일치한다. 데카르트는 이 판타지를 실체이원론(마음과 육체는 전혀 다른 종류의 것이라는 믿음)이라 알려진 철학적 선언으로 성문화했다. 그러나 라캉에 따르면, 데카르트의 오류는 단순한 철학적 실수 이상이었으니, 언어 구조, 특히 주체의 언어 구조에 특정한 이중성이 내포되어 있기 때문이다. 발화하는 나(the I which speak)와 서술되는 나(the I which is spoken of)는 구조적으로 다르다. 발화하는 나는 서술부가 한정되어 있지 않고, 일종의 말하는 위치 같은 것이지만, 한정적인 서술들(키, 나이, 체중 등등)은 반드시 서술되는 나에만 부여될 수 있다. 〈언더 더 스킨〉의 마지막 장면들에 나타난 형태 없는 형체는 그렇다면 이런 영혼-주체, 이 발화하는 나를 신체화한 것과 같다. 그것은 한정적인 물리적 서술부 없이 어떻게든 신체 '안에' 머물지만 궁극적으로는 이 신체라는 집에서 분리될 수 있다. 이 영화가 최종적으로 기여하는 바는, 그렇다면 우리에게 주체와 객체, 정신과 몸에 대한 우리의 불안정한 설명에 본질적으로 깔려 있는 으스스한 감각을 상기시키는 것이다.

육체와 정신의 관계라는 으스스함은 앞서 논의했던 M. R. 제임스의 『오 불어라 그러면 내가 너에게 가리라, 나의 친구여』를 2010년 앤디 드 에머니가 각색한 BBC 작품의 주제였다. 이 대폭 수정된 버전의 이야기에서, 파킨은 아내를 긴장증적인 껍데기로 쪼그라들게 만든 치매 탓에 고

● 원문에서 "이런 몸에 영혼이란 없다."는 이렇게 표현된다. there are no ghosts in these machine. 데카르트는 인간의 몸을 신이 만든 '기계'라 칭하고, 몸은 기계에 불과하며 영혼이야말로 인간의 정수라고 주장했다. 데카르트의 이원론은 많은 비판을 받는데, 길버트 라일은 1948년, 『마음의 개념』에서 데카르트의 이원론을 몸과 마음을 기계 속 유령 ghost in the machine'으로 만들어 버렸다고 비판하고 마음이나 영혼은 몸과 분리될 수 없다고 주장했다. 파킨은 이 표현을 빌어 극단적인 유물론을 펼치는데, 기계와 유령이라는 비유를 그대로 옮길 수도 있지만, 여기서는 전후 맥락에서 '몸'을 이야기하고 있으므로 몸과 영혼이라 옮긴다.

통스러워한다.

"인격의 존재를 넘어 지속되는 몸은 어떤 유령이나 악귀보다 더 끔찍하다." "우리 안에는 아무것도 없다." 이 이야기에서 파킨은 신랄하게 선언한다. "이런 몸에 영혼이란 없다. 인간은 물질이고, 물질은 부패한다.●" 그러나 파킨 자신의 서술이야말로 몸에는 영혼이 존재하며, 그 발화하는 주체에는 어떤 혼이 본질적임을 확고히 한다. 결국, 안에 아무것도 없다고 말할 수 있는 자는, 인간은 부패하는 물질이라 말할 수 있는 것은 누구인가?●● 어떤 물질적인 주체는 아닐 수도 있겠지만, 발화하는 주체, 다시 말하자면, 살아 있는 주체는 언어라는 것을 이탈해서 떠돈다. 자신의 무효함을 선언하는 바로 그 행위에서, 발화하는 주체는 수행 모순●●●에는 그다지 얽매이지 않으며, 다만 주체성 그 자체에서 기인하는 근절할 수 없는 이중성을 가리킬 뿐이다. 파킨과 같은 유물론자들의 상태(다른 말로 하자면 우리의 상태)는 모든 주체성이란 물질로 환원할 수 있음을, 어떤 주체성도 육체의 죽음에서 살아남을 수는 없음을 알면서도, 자신을 단순한 물질로 경험하는 것은 불가능한 상태이다. 육체가 경험의 토대가 되는 전제 조건이라 인식하고 나면 곧장 이 현상학적인 이원론을 받아들이게 되

●● 저자의 이 질문은 데카르트의 '나는 생각한다, 고로 나는 존재한다'는 논증 과정
과 상당히 닮아 있다. 파킨과 같은 극단적인 유물론자들은 물질을 모든 근간으로
생각하지만, 그 '물질에 불과하다'라고 말하는 주체는 물질을 넘어선 무엇이므로,
우리에게는 영혼이, 고스트가 존재한다는 것이 이어지는 저자의 주장이다.
●●● 철학에서 말과 행동이 어긋나는 경우. 이를테면 말로는 동의하지만 행동으로는
거부하는 등의 행위적 불일치.

는데 간단히 말해서 경험 자체와 토대는 분리될 수 있기

때문이다. 기계에는 유령이 있다. 우리가 곧 유령이며, 유

령이란 바로 우리들이다.

● 우주 중심에서부터 멀어져 가는 빛이 현재 도달한 지점들을 이은 것이 현재의 우주이며, 이 너머가 바깥 우주로 아직 탐구되지 않은 영역이다.

외계의 흔적들: 스탠리 큐브릭,
안드레이 타르코프스키, 크리스토퍼 놀란
◇

〈언더 더 스킨〉은 우리에게 외계인과의 으스스한 조우에 대한 한 가지 유형을 제시했다(닉 뢰그의 1976년작〈지구에 떨어진 사나이The Man Who Fell to Earth〉는 이런 류의 조우에 대한 또 다른 접근이며, 데이비드 보위가 연기한 뉴턴은 요한슨이 연기한 외계인 부류의 영화적 조상이다. 비록 뉴턴의 향수에 잠긴 유배가 자아내는 낭만적인 비애는 〈언더 더 스킨〉의 보다 불투명하고 이해할 수 없는 외계인에는 결여된 바이지만). 나는 앞서 〈쿼터매스〉 시리즈의 마지막 편을 논하면서 외계인이 자아내는 또 다른 유형의 으스스함을 짚은 바 있다. 〈쿼터매스〉 버전에서는, 외계인과 직접 조우하지 않는다. 그들의 육체적인 형상은 존재론적이며 형이상학적인 특성과 마찬가지로 결코 드러나지 않으며, 외계인은 그 효과로만, 그 흔적으로만 감지된다. 이제 이런 식의 외계인과의 조우를 독자적으로 다뤄 보겠다.

지구 바깥, 미지의 우주에 대한 고찰이 이내 으스스한 감각을 불러일으키는 이유는 이 바깥 우주●를 좌우하는

• 1923~, 헝가리 출신 작곡가.

•• 목적론적 논증이라고도 한다. 경험에 근거하여, 이 복잡한 세계가 서로 조화롭게 돌아가는 것은 어떤 초월자의 세세한 설계 때문이라는 논증 과정으로 신의 존재를 증명한다.

힘에 대한 의문들이 제기될 수밖에 없기 때문이다. 저 너머에 무언가 있기는 한 것일까. ―그리고 거기 어떤 주체가 있다면, 그들의 본성은 무엇인가? 이런데도 그 많은 SF물에서 실망스럽게도 으스스한 감각이 결여되어 있다는 점은 놀랍지 않을 수 없다.

스탠리 큐브릭의 〈2001: 스페이스 오디세이〉는 외계인을 숨기지 않고 공개하라는 실증주의적 압박에 반발하여 이를 거부한 SF 영화 중 가장 유명한 사례일 것이다. 외계의 힘이라는 수수께끼는 영화의 상징인 모노리스, 으스스한 사물의 전형적인 예인 것만 같은 무엇을 통해 제시된다 (영화 전반에 걸쳐, 이 모노리스에 리게티의 음악이 더해져 경외감과 이질감을 주면서 으스스한 느낌은 더욱 강화된다). 모노리스의 '부자연스러운' 성질들―그 직선형, 그 평형성, 그 불투명한 광채―은 보다 높은 지능을 지닌 무언가 그것을 만든 것이 분명하다는 추론을 뒷받침한다. 여기서 이 논리는 자연계의 수많은 면면이 지닌 기능성, 목적성, 조직성을 보면 초월적인 설계자를 상정하게 된다는 가설을 주장했던 소위 설계 논증의 세속적인 버전과 유사하다. 큐브릭이 이 주제들을 전혀 종교적인 색채 없이 다루며, 어떤 존재가 이 모노리스를 제작했는지 확실하게 특정 짓지 않는다. 인간 역사에 개입했던 이 지적인 존재의 본성과 개입한 목적은 밝혀지지 않는다. 영화는 최소한의 자료만을 남겨 이를 토대로 추론하게 할 뿐이다. 모노리스에 더하여 가상의 호텔 방—그 평범함이 더 불길한—도 있다. 영화 마지막에, 우주비행사 데이비드 보우먼은 소위 스타차일드로의 애증이 뒤섞인 변신을 준비한다. 호텔 방은 이 지적인 존재가 보우먼에게 편안한 느낌을 주려 했다는 점을 시사할 수도 있다. 다만 그런 경우, 그 궁극적인 목적은 모호하게 남는다. 이런 거주 공간을 구성한 이유는 낯익은 것들과 너무나 멀리 떨어진 이 인간에 대한 배려일까, 아니면 이 불가해한 지적 존재들은 이 호텔 방이 실험상 보우먼을 관찰하기에 더 나은 공간이라고 추정했을까?

(디스커버리 원 우주선의 시스템을 유지하는, 지각이 있는 컴퓨터인 할이 등장하는 장면들은 보다 좁은 범위긴 하지만 역시 힘에 대한 질문들을 제기한다. 할은 발성 기관—붉은 빛이 나는 센서—과 초자연적으로 침착한 목소리는 있지만, 몸은 소유하고 있지 않다. 그러나 분명히 어떤 힘을 지니고 있으며, 그 힘—디스커버리 호의 승무원에 반역을 꾀하게 유도하는 것—을 작용케 하는 성질과 그 범위가 영화의 이 부분에 중대한 미스터리가 된다. 보우먼이 서서히 무자비하게 할을 해체하는 장면에서, 그리고 할이 정신적으로

약화되어 가는 소리를 들으면서, 우리는 의식과 그 의식을 가능케 하는 물리적 하드웨어 간의 으스스한 괴리에 직면한다)

큐브릭이 으스스한 것들을 다루는 영화에 남긴 기타 주요 공적은 또 다른 '초월적'인 개입을 보여 주는 〈샤이닝〉이다. 영화의 장르는 호러 혹은 유령 이야기이므로, 우리는 여기서 밝혀지지 않은 존재들이 외계인이라기보다는 유령이라고 이해하게 된다(비록 그들이 사실은 어떤 외계의 지적 존재들이라는 설명도 충분히 가능하긴 하지만). SF에서 호러로 이동하면서, 영화에서 작용하고 있는 으스스한 힘이 온화하거나 적어도 중립적—2001을 통해 결론 짓게 되는 것처럼—이라는 암시 역시 영화에 등장하는 지배적 존재들이 악의적이라는 가설로 은근히 이동한다. 악의와 선의는 물론, 니체의 독수리와 양에 대한 우화가 상기시키듯, 특정 존재의 이익과 관점에 따라 상대적이다. 니체가 말하길, 양에게 있어 독수리는 사악하다. 양은 맹금류가 자신들을 증오한다고 생각한다. 사실상, 독수리가 양을 증오할 가능성은 없다. 실제로 독수리가 양을 대하는 태도는 호의에, 심지어 애정에 가깝다. 결국 양이란 아주 맛있으니까. 니체가 우스꽝스러운 방식으로 제시한 것을 〈샤이닝〉은 으스스한 수수께끼로 제기하는데, 소설에서처럼 영화에서도 이 수수께끼는 풀리지 않은 채로 남아 있다.

〈샤이닝〉에서 오버룩 호텔은 〈돌로 된 테이프〉에 나오는 방을 거대하게 키운 버전이다. 호텔은 일종의 녹음 장치로 이 건물에서 벌어진 폭력, 잔혹 행위, 고통이 쌓였다가 텔레파시처럼 '샤이닝' 능력을 갖춘 사람들―잭 토런스와 그의 아들 대니처럼―을 민감한 초자연적 도구로 이용하여 재생된다. 급속도로, 잭은 현재―그의 아내 웬디와 대니가 공유하는―에서 다양한 역사적 순간들이 융합하고 압축되는 영원의 시간으로 끌려간다(이런 분열적인 동시성의 시간은 아마도 가너의 『적색편이』에서 톰이 스스로를 발견하는 시간과 다소 동일할 것이다). 그러나 잭을 유혹하기도, 위협하기도 하는 유령들이란 바로 잭과 같은 존재들, 오버룩 호텔이 미치는 치명적인 영향력에 휩쓸린 무기력한 개인들이라는 점이 암시된다. 밝혀지지 않은 것은 호텔을 실제로 통제하는 힘의 본성이다. 잭은 유령 바텐더, 로이드와의 장면에서 이런 점을 캐묻는다.

로이드: 당신은 공짜입니다, 토런스 씨.

잭: 공짜?

로이드: 당신 돈은 여기서 소용없어요. 지배인 지시입
니다.

잭: 지배인 지시라고요?

로이드: 마셔요, 토런스 씨.

잭: 나는 누가 내 술을 사는지 알고 싶어 하는 남자거든
요, 로이드.

로이드: 당신이 상관할 바가 아닙니다, 토런스 씨. 적어
도 지금은요.

'지배인'이란 누구 혹은 무엇이며, 무엇을 원하는가? 잭
은 더 이상 묻지 않고, 영화는—소설에서처럼—확실한
답을 제공하지 않는다. 우리는 오버룩의 진정한 지배인을
결코 보지 못한다. 소설에서처럼, 오버룩의 왁자지껄한 존
재들은 "가면을 벗으시오!"(소설의 주요 상호텍스트 중 하나인
포의 「붉은 죽음의 가면」에서 인용된 문구)라는 경고를 되풀이
한다. 그러나 소설에서도, 영화에서도, 호텔을 장악하고
있는 존재들은 결코 자신들을 완전히 드러내지 않는다.
얼굴을 내비치지 않는 것이 아니라 내비칠 얼굴이 없는 것
같다. 소설에서 그들의 근원적인 형태를 정의하는 데 가
장 근접해 보이는 이미지는 떼 지은, 우글거리는 다중적인

말벌 둥지이다. 로저 럭허스트가 〈샤이닝〉에 대해 쓴 자신의 최근작에서 제안하듯, 말벌 둥지의 이미지는 영화에서 빠져 있지만 리게티의 〈론타노〉에 실린 아주 미세한 다성 음악적 진동이 포함된 사운드로 변환되었을 법하다.

하지만 이 존재들은 무엇을 원하는가? 우리가 내릴 수 있는 유일한 결론은 그들이 인간의 고통을 먹이로 삼는 존재들이라는 것뿐이다. 이렇게 보면 그들은 일견 '사악하다' 싶지만, 이런 관점은 근본적으로 니체의 양의 시각이다. 결국 인간들은 대부분, 무엇을 먹는가를 기반으로 다른 존재들을 판단하는 위치에 설 수 없다.

〈샤이닝〉의 또 다른 으스스한 차원은 오버룩 호텔이 지닌 운명적인 힘에 기인한다. 잭은 자신이 '언제나' 이 호텔의 '관리인이었다'라는 얘기를 듣는다. 한편으로 이는 호텔 자체의 '영원한' 시간, 잭이 스스로 빠져들었음을 급속도로 깨닫게 되는, 선형적인 시간을 넘어선 시간을 가리킨다. 하지만 이는 또한 잭이 오버룩의 관리직을 맡도록 이끈 영향력과 인과의 사슬을 가리킬 수도 있다. 아버지에게 당한 학대, 작가로서의 실패, 알코올 중독, 술에 취해 대니에게 폭력을 가한 것⋯. 이 호텔의 영향력은 어디까지 거슬러 올라가는가?

안드레이 타르코프스키가 1970년대에 남긴 위대한 두
작품—〈솔라리스Solaris〉(1972)와 〈잠입자Stalker〉(1979)—은
외계의 으스스함과 보다 광범위하게 맞물려 있다. 두 작
품 모두에서, 타르코프스키가 각색한 작품들은 원작인 스
타니슬라프 렘의 『솔라리스』(1961)와 아르카디와 보리스
스트루가츠키 형제의 『노변의 피크닉Roadside Picnic』(1971)의
내용에 반대되는 입장을 취한다. 타르코프스키가 각 소설
들에서 추출한 부분은 그가 늘 주목하는 믿음과 구원에 대
한 질문에 적합한 풍자적이고 역설적이며 가장 부조리한
요소들이다. 하지만 그는 미지와의 조우에 대한 소설의
핵심적인 집착은 남겨 둔다.

〈솔라리스〉는 소위 지각이 있는, 물의 행성에 관한 이
야기이다. 타르코프스키는 렘의 소설에서 상당 부분을 차
지하는 '솔라리스틱스'라는 과학, 행성에 관해 발달해 온
광범위한 추측과 가설을 일축해 버린다. 대신에 그는 크
리스 켈빈이라는 심리학자에 미치는 행성의 영향력에 집
중한다. 켈빈이 솔라리스 궤도를 도는 우주정거장에 도착
해 보니, 그의 친구인 닥터 기바리안은 죽었고, 남아 있는
두 과학자는 어딘가 수상하며, 내내 자신들의 숙소에 은밀
하게 숨어 지내고 있다. 켈빈은 이내 그들이 틀어박히는

이유를 알게 된다. 몇 년 전 자살한 그의 아내 하리의 복제품이 몹시 혼란스러워하며 그의 앞에 나타난 것이다. 그녀는 아무것도 기억하지 못하고 자신이 어디 있는지도 알지 못한다. 우주정거장의 과학자들은 이 유령들을 '방문자들'이라 부르게 되며 그들에겐 저마다 무시할 수 없는 상대가 있다. 이들은 솔라리스가 보내는 일종의 메시지이지만, 그 목적이나 의도는 알 수 없다.

공포와 혐오감에 젖어, 켈빈은 '하리'를 강제로 우주 캡슐에 태워서 우주로 떠나 보낸다. 하지만 하리─혹은 하리의 또 다른 버전─는 다시 나타난다. 영화에서 가장 긴장되는 장면 중 하나는 '하리'의 옷에 지퍼가 없음을 알게 되는 장면이다. 어째서 없는 것일까? 행성은 켈빈의 기억을 기반으로 하리를 만들었으며, 그 드레스에 대한 기억에는 (기억이 늘 그렇듯 흐릿하고 불완전해서) 지퍼가 포함되지 않았기 때문이다.

솔라리스는 무엇을 원하는가? 행성은 무언가를 원하는 걸까, 혹은 이런 행성의 소통을 일종의 자동 배출로 생각하는 편이 나을까? 행성이 보내는 방문자들의 의도는 무엇일까? 이 행성은 거의 표면화된 무의식과 정신분석가의 결합으로 보인다. 과학자들에게 해결되지 않은 채 트라우마로 남은 소재들을 계속 보내서 대처하게 만드니까. 혹은 이 행성은 마치 거대한 힘을 부여받은 아이처럼, 슬픔의 본질을 끔찍하게 '오해'한 나머지 인간들의 소망이라 '생각하는' 것을 이루어 주는 것일까? 영화는 지성, 인지, 그리고 상호 간의 의사소통—보다 정확히 말하자면 소통에의 실패를 부적절하게 조합할 때 발생하는 으스스한 난국을 다룬다. 솔라리스 바다의 장엄한 이질성은 미지의 것에 대한 탁월한 영화적 이미지 중 하나이다.

타르코프스키의 〈잠입자〉에서, 외계의 흔적은 구역(the Zone), 물리적 법칙이 바깥 세상에 적용되는 것과 같은 방식으로 적용되지 않는 듯 보이는 어떤 공간이다. 〈솔라리스〉에 암시된, 소원을 들어준다는 동화적인 주제가 〈잠입자〉에서는 핵심적인 집착이 되어 '구역' 내 어딘가에 존재하는 '방'에 들어가면 가장 심오한 소망을 현실화해 준다는 개념으로 집약된다. '잠입자'란 일종의 자생적인 구역 전문가로 이 기만적이며 경이로운 공간을 탐험하기를 원하는 자들을 안내한다. 스트루가츠키의 원작 소설에서 잠입자들은 일종의 범죄 조직에 소속되어 구역에서 물건들을 빼낸다. 타르코프스키 영화에서는 주인공인 잠입자가 변절한 인물로 그려지지만,—영화의 초기 장면들에서는 무리를 이끌고 울타리, 검문소, 포좌를 넘는 모습이 보인다—
이제 그의 동기는 물질적이라기보다 정신적이다. 잠입자
는 구역의 수수께끼를 존중하며 위험과 폭력성을 감지하
고 있기에 다른 이들이 구역의 경이를 접하고 변화되기를
바란다. 하지만 이 여행에 합류한, 일반적인 총칭만이 부
여된 두 인물—'작가'와 '과학자'—은 잠입자로서는 매우
실망스럽게도 이렇듯 정신적인 면에서 이 구역을 탐험하
기엔 지나치게 냉소적이고 신뢰할 수 없음이 드러난다.
방에 접근하는 과정만 위태로운 게 아니라 방 자체에도 고
유한 위험이 내포되어 있다. 우리는 또 다른 잠입자, 포커
파인이 형제를 죽음에 이르게 한 후 그 방에 들어갔다는
사실을 알게 된다. 하지만 형제를 돌려주는 대신 방은 그
에게 돈을 주었다. 사람들의 가장 깊은 소망을 실현시켜
주면서 방은 존재에 대한 판단도 내리는 것이다.

　〈잠입자〉는 어떤 특수효과도 쓰지 않고 으스스한 공간
을 구성해 낸 방식으로 유명하다. 타르코프스키는 에스토
니아에 위치한 특별한 분위기가 있는 장소를 촬영지로 이
용했다. 수풀이 제멋대로 자라난 공간에서 인간이 남긴
폐기물(버려진 공장들, 대전차 장애물들, 사격 진지들)은 기승을
부리는 나뭇잎들에 뒤덮여 있고, 지하의 터널들과 버려진

창고들은 직접적인 위협이라기보다 형이상학적이며 실존주의적으로 보이는 덫으로 가득한, 비현실적이고 이례적인 지형을 구성한다. 여기서는 그 무엇도 균일하지 않다. 시간 역시 공간과 마찬가지로 예상치 못한 방식으로 굴절되고 포개진다.

관중은 이 지형의 특성을 실제 보이는 대로가 아니라 잠입자의 예술가적 기질이 투영된 시선을 통해 받아들이게 된다. 신중하고, 잠재적인 위험들을 늘 경계하며, 자신의 과거 지식에 의지하면서도 구역의 변형성이 이전 경험을 너무나 자주 쓸모없게 만든다는 사실을 주지하면서, 그는 보이지 않는 위협과 약속들이 가득한 공간을 환기시킨다. 미지의 것을 대함에 있어 겸손하면서도 외부 세계의 탐험에 몰두하는 잠입자는 으스스한 것에 일종의 윤리를 제시한다.

타르코프스키에게 구역은 크게 봐서 믿음이 실험되는 공간이다. 그는 스트루가츠키의 소설 제목에서 드러나는, 구역이 그저 우연에 불과하다는 개념을 회피한다. 스트루가츠키가 제안하는 바는 이 구역과 그 모든 '마법과 같은' 속성들이 일종의 섭리가 적용한 신비한 징표가 아니라, 외계인들이 소풍 비슷한 것 이후에 무심코 남겨 놓은 쓰레기에 불과하다는 것이다. 여기서는 으스스한 것이 터무니없는 농담이 된다.

섭리라는 문제는 크리스토퍼 놀란의 〈인터스텔라〉(2014)의 핵심으로, 이 영화는 이제껏 으스스한 것에 입지를 거의 내주지 않았던 21세기 영화 지평에서 큐브릭과 타르코프스키가 뚜렷하게 자기 색으로 내세운 어떤 영역으로의 반가운 귀환을 제시한다. 영화는 죽어 가는 행성에서 탈출하려는 인류를 돕는 것으로 보이는, 친절해 보이는 어떤 존재들―'그들'이라 언급되는―의 신적인 개입을 다루고 있다.

초기에, '그들'은 웜홀을 형성해 또 다른 우주로의 여행을 실현 가능케 한다. 영화의 마지막, 우리는 '그들'이 외계인 같은 것이 아니라 진화를 통해 4차원인 시간 밖으로 나갈 수 있는 '5차원'에 접근할 수 있게 된 미래의 인간들이라는 사실을 알게 된다. 하지만 '그들'의 이질성은 그들이 미래의 인간임이 밝혀진다 해서 손상되지 않는다. 이 미래의 인간들의 본성이 드러나지 않기 때문이다. 필연적으로, 그들은 우리와 전혀 다를 것이다. ―미래는 낯선 영역이기 때문이다. 우리는 다만 그들의 흔적―그들이 만든

웜홀과, 그 안에서는 시간이 마치 우주 공간처럼 펼쳐지며 영화의 절정 부분에 쿠퍼가 들어서게 되는 신비한 5차원의 테서렉트—을 통해 이 종족을 이해할 뿐이다.

결국 이 신적인 개입은 타임루프로 밝혀지며, 미래의 인류는 이 안에서 과거에 영향을 끼쳐 자신들의 생존을 위한 환경을 만들고자 하는 것이다. 이 타임루프 내에는 다른 시간 변칙들이 존재한다. 가장 뚜렷하게는, 결과적으로는 성공적이었던 우주 탐사 임무를 이끄는 우주비행사 쿠퍼가 자신의 딸 머프에게 '출몰'하는 것이다. 5차원적 테서렉트 안에서 쿠퍼는 절실하게 머프와 접촉하여 과거의 자신이 딸의 삶 대부분을 놓치게 될 임무를 거부하고 집에 머물게 하려 한다.

이 시간 변칙에는 이상하리만치 헛된 무언가가 있다. 쿠퍼가 과거의 자신을 머물게 하는 데 성공했다면, 이 임무는 순조롭지 못했을 것이다(혹은 적어도 그가 그 임무를 이끌지는 못했으리라). 하지만 그가 테서렉트 안에 들어와서 과거의 머프와 소통할 수 있다는 사실은, 그가 설득에 실패해야 하며 결국 그 임무를 맡아야만 함을 의미한다.

쿠퍼가 이끄는 임무는 문자 그대로 병든—수확물은 자라지 않고, 인구 밀도는 빠르게 감소하고 있으며, 오래지 않아 인간이 전혀 살 수 없게 될 지구를 탈출하고자 하는 시도이다. 쿠퍼는 이제 위장 기구가 되어 비밀리에 운영되고 있는 나사에 고용된다. 나사의 책임자인 존 브랜드는 인류를 구하기 위해 두 가지 계획을 세운 듯 보인다. A안은 원심기를 쏘아 우주에 우주정거장을 만드는 것이고, B안은 토성 근처에 생긴 웜홀을 통해 접근 가능한, 거주 가능성이 있는 세 개 행성 중 하나로 인류를 이주시키는 것이다. 이 세 행성은 십 년 전 탐사 임무에서 발견된 것이다. 실은 열두 개의 우주선을 보냈지만 우주비행사 밀러, 만, 에드먼드가 탑승했던 세 우주선만이 생존 가능한 행성에 도달했다고 알리는 신호를 보내 왔다.

영화는 무심한 우주라는 시각과 일종의 물리적인 섭리(초자연적이라기보다 인간의 기술적인 힘을 수반한다는 면에서 물리적인)를 통해 형성된 시각의 대조에 기대고 있다. 영화에서 가장 강렬한 몇몇 장면들―'밀러의 행성'에서 본 것과 같은―은 무심한 자연의 거대한 적막함을 드러낸다. 표면이 완전히 물로 뒤덮인 이 행성은 솔라리스의 비정한 쌍둥이 같다. 솔라리스가 답할 수 없는 성찰들을 불러일으키는 반면―솔라리스가 품고 있는 의도와 욕망은 무엇인가―밀러의 행성은 의도가 결여된 세계의 말없는 결정론을 제시한다. 이 행성의 끝없는 바다에 번갈아 발생하는 쓰나미와 정적은 의미가 결여된 수많은 행위들, 아무 이유 없는 원인들의 산물이다.

이 뚜렷한 주체의 부재야말로 으스스한 감각을 불러일 으킨다(어떻게 아무것도 없을 수가 있는가?). '무심한'이라는 말 은 궁극적으로 불충분할지도 모른다. 그 말은 무언가를 의도하는 능력이 현재 적용되지 않음을 의미하기 때문이 다. 침묵하는 자연은, 무심한 것조차 아닐지도 모른다. 무 심할 수 있는 능력조차 결여되어 있으니까. 그렇다 해도, 말없는 자연이란, 힘을 단순히 어떤 일을 일어나게 하는 능력이라 정의할 때, 그 힘이 전혀 가해지지 않은 무엇이 다. 밀러의 행성에는 원인과 결과가 가득하다. 결여된 바 는 어떤 의도나 목적을 품은 지성이다.

그 행성에서의 절망적인 장면들―행성이 생명을 부양 할 수 없는 일종의 불모지이며 쓰나미를 산으로 착각했음 을 깨닫는 장면, 거대한 파도에 휩쓸리는 것을 피하고자 하는 분투―은 그들이 그 행성에서 보내는 매시간이 지구 시간으로 7년에 해당된다는 사실―근처에 위치한 블랙홀 의 왜곡 때문에―을 알고 있다는 점 때문에 더 힘을 얻는 다. 이는 아이들에게 돌아가겠다는 바람을 품은 쿠퍼에게 특히 고통스럽다는 사실을 우리는 안다. 우주선으로 돌아가서 쿠퍼는 계산 착오가 있었음을 깨닫는데, 그들이 밀러의 행성에 있는 동안 지구 시간으로 23년이 흐른 것이다. 우주선이 뜨는 장면에서, 쿠퍼는 아이들이 지난 이십 년에 걸쳐 우주선으로 보낸 메시지들을 보면서 자신의 아이들이 어른으로 성장하는 것을 단 몇 분간 지켜본다.

사랑—특히 부모와 자녀 간의 사랑—은 이 영화의 핵심적 주제이다. 쿠퍼와 그의 딸, 머프의 사랑은 결과적으로 브랜드의 A안이 실현되게 한다. 이 두 사람 사이의 연결 덕에 쿠퍼는 테서렉트 안에서 머프에게 A안의 실행이 달린 방정식을 해결할 수 있는 데이터를 보낼 수 있었다.

그러나 두 사람 간의 사랑이 영화에서 핵심적인 정서적 줄기임에도 불구하고, 이는 비극적으로 좌절된다. 두 사람은 머프의 임종 자리에서야 겨우 재회한다. 상대성 이론이 적용된 결과, 쿠퍼는 그가 지구를 떠날 때와 거의 똑같아 보이지만 머프는 이제 늙은 여인으로 그녀의 삶은 다했으며 쿠퍼는 그 대부분을 놓쳤다.

영화 초기 엔듀런스 호에 탑승한 장면에서, 아멜리아 브랜드(존의 딸)는 사랑이 '보다 높은 차원'에서 오는 힘이라고 주장한다.

쿠퍼: 당신은 과학자예요, 브랜드.

브랜드: 그러니까 내 말 좀 들어봐요. 사랑은 우리가 발명하지 않았죠. 사랑은… 관찰 가능하고, 강력해요. 어떤 의미가 있다고요.

쿠퍼: 사랑에는 의미가 있죠, 그래요. 사회적 유용성, 사회적 연대, 육아….

브랜드: 우리는 죽은 사람들도 사랑하잖아요. 거기 사회적 유용성이 어디 있어요?

쿠퍼: 전혀요.

브랜드: 어쩌면 사랑은 무언가 더 의미하는지도 몰라요.―우리가 아직 이해하지 못하는 거요. 우리가 의식할 수 없는 보다 높은 차원의 어떤 증거나 어떤 산물일지도 모른다고요. 나는 오랫동안 보지 못한, 아마도 죽었을 누군가를 찾아 우주를 가로지르고 있어요. 사랑은 시공간이라는 차원을 가로질러 우리가 느낄 수 있는 유일한 거예요.

아멜리아 브랜드의 사랑에 대한 선언은 매우 흥미롭다. 그녀는 동료들이 만의 행성으로 갈지 에드먼드의 행성으로 갈지 결정을 앞둔 순간에 이렇게 선언한다. 브랜드는 에드먼드의 행성으로 가고 싶어 하지만, 그녀가 그런 선택을 한 것은 에드먼드가 그녀의 연인이었기 때문이다. 때문에 그녀는 사랑이 그 자체로 불가사의한 권위와 능력을 지닌 신비한 힘이라고 믿는 것이다. 그러나 끝에 가서 그녀가, 적어도 에드먼드의 행성에 관해서는 옳다는 것이 드러난다. 에드먼드의 행성이 유일하게 생존 가능한 환경이다. 앞서 보았듯, 밀러의 행성은 황량한 바다, 만의 행성은 얼어붙은 불모지니까.

　여기서 즉각적으로 발생하는 유혹은 이를 유치한 감상주의로 치부해 버리는 것이다. 하지만 〈인터스텔라〉가 지닌 힘의 일부는 여리게 보일 위험성을, 또한 감정적으로나 개념적으로 과도해 보일 위험성을 기꺼이 무릅쓰려는 데서 나온다. 그리고 영화가 여기서 털어놓는 것은 으스스한 사랑의 가능성이다. 사랑은 (과도하게) 익숙하게 느껴지는 한 단면에서부터 알려지지 않은 단면까지 이동한다. 브랜드의 설명에 따르면, 사랑은 알려지지 않았지만 조사되고 정량화할 수 있는 무엇이다. 그리고 이때 사랑은 으스스한 주체가 된다.

● 화산 폭발로 생긴 기이한 암석 산으로 호주에 실제 존재하는 지역.

"남아 있는 으스스함":
조앤 린제이

◇

<blockquote>

그들은 김나지움 벽이 희미해지며 아름답게 투명해지는 모습을 바라본다. 천장은 행잉록* 위 눈부신 하늘로 꽃처럼 벌어진다. 바위 그림자는 흘러가며 반짝이는 평원 위에 물처럼 빛을 발하고 그들은 소풍을 떠나 유칼립투스 나무 아래 따스하고 잘 마른 잔디 위에 앉아 있다.

_조앤 린제이, 『행잉록에서의 소풍』

</blockquote>

마지막 장은 조앤 린제이의 1967년 소설 『행잉록에서의 소풍』에 할애해야만 할 것이다. 『행잉록에서의 소풍』이 으스스한 소설의 전형적인 사례일 뿐 아니라, ―이 책에는 실종, 기억상실, 지질학적 이상 현상, 압도적인 분위기를 띤 지형 등이 포함되어 있다. ―린제이가 연주하는 으스스한 것에 기타 수많은 으스스한 텍스트들에 부재하거나 억눌려 있는 확실성, 나른하고 몽환적인 매력이 있기 때문이다. 린제이는 M. R. 제임스와 정반대되는 경우이다. 우

● more haunting than an apparition. 우리말 흐름상 haunting을 사로잡힌다고 옮겼지만, 작가는 유령의 출몰을 의미하는 haunt의 이중적 의미를 빗대어 "소멸이 유령보다 더 출몰할 수 있다."는 언어유희를 펼치고 있다.

●● 1906~1958, 스페인 출신 프랑스 화가. 데칼코마니 기법을 고안했다.

리가 본 바, 제임스는 언제나 외부 세계를 위험하고 치명적인 것으로 기호화하지만, 『행잉록에서의 소풍』이 연상시키는 외부 세계는 분명 두려움과 위험을 내포하면서도 사소한 억압과 일상의 옹색한 한계를 넘어 몽환적 광휘라는 고조된 분위기로 나아가는 길을 마련하고 있다.

『행잉록에서의 소풍』은 때로는 소멸에 유령보다 더 사로잡힐● 수 있음을 보여 준다. 『행잉록에서의 소풍』에서는 아무 일도 벌어지지 않는다고도 할 수 있다. 아무 일도 벌어지지 않는다는 것은, 아무 사건도 없다는 뜻이 아니다. ―비록 소설이 풀리지 않은 수수께끼를 다루긴 하지만. 그렇다. 부재가 경험적인 현실로 분출한다는 견지에서는, 아무 일도 벌어지지 않는다. 이 소설은 벌어진 틈과 그 틈이 야기하는 동요에 대한 이야기이다.

소설에서 핵심을 차지하는 실종은 밸런타인 데이, 호주의 빅토리아에 있는 행잉록으로 떠난 소풍에서 일어난다. 행잉록은 오스카 도밍게스●●나 막스 에른스트의 데칼코마니적인 가시 돌기 모양 풍경들 중 하나처럼 소설 전체를 뒤덮고 있다. 행잉록은 오랜 시간에서 나온, 인간의 도래보다 수천 년 앞선 시간에 형성된 지질학적 유물이다. 오직 단면들로만 보이며, 그 미로와 같은 공간들은 또 다른 외계인의 소풍 지역인 타르코프스키의 '구역'처럼 위험하기 짝이 없다. 결말부에 이르면 그 바위산 지역 중 일부— 어느 물리적 공간 못지않게 심령적인—는 섬망 상태에서만 도달할 수 있는 듯하다. 이 차분한 섬망 상태는 피터 위어가 1975년 각색한 영화의 주된 분위기로, 영화에서 시간(그리고 서술/이야기)은 고통스러울 만큼 유예되고 몽상적인 운명론이 주도한다.

소풍은 애플야드 컬리지라는 여자 사립기숙학교 학생들을 위해 마련된 당일 여행이다. 빅토리아 시대 영국을 일부 모방하여 영국과 하등 다를 것이 없는 이 학교는 마그리트의 불합리한 추론non sequitur처럼 주변 풍경 안에 웅크리고 앉아 있다. 바위산과 세심하게 억눌린 학생들의 의상이며 제의들의 부조리함 사이의 대비를 통해 우리는 식민지 프로젝트에 내재하는 초현실주의를 깨닫게 된다.

명치를 누르는 코르셋으로, 풍성한 페티코트와 면양말과 부츠로, 대지, 공기, 햇빛과의 자연스러운 접촉에서 격리된 채 그늘에 느긋하게 앉은 나른하고 배부른 소녀들은 코르크 바위와 판지 나무라는 배경막 앞에서 제멋대로 포즈를 취한 사진 앨범 속 인물들이 아니듯 그들을

둘러싼 환경의 일부도 아니었다.

소풍 중에 네 명의 학생들—미란다, 이디스, 마리온, 얼마—와 수학 선생인 그레타 맥크로우는 바위산에 오르기로 결심한다. 바위산 오르기는 얼핏 일상에 지나지 않는 듯 보이며, 그들은 느긋한 잡담이며 수다, 바위산의 나이는 얼마나 될지에 대한 토론들을 나눈다. 처음엔 마리온이 흥미로운 대사를 던지며 분위기를 깬다. "저 아래 사람들은 개미처럼 도대체 무슨 일을 하는 걸까? 놀라울 만큼 많은 사람들이 아무 생각이 없잖아. 자기들도 모르는 어떤 필수적인 기능을 맡고 있긴 하겠지만." 마리온은 저 아래 세상에서 이미 떨어져 나온 듯, 마치 이미 어떤 문턱을 건넌 듯하다. 이 네 소녀가 모노리스—가파른 급경사 위에 걸쳐진 괴물의 알처럼 외따로 돌출된 곰보 자국이 있는 돌—를 본 이후에 분위기는 결정적으로 달라진다. 네 명모두 급격히 노곤해져 깊은 잠에 빠진다. 초점은 이제 이디스의 시점으로 옮겨 간다. 그녀는 당황한 채 깨어나 돌아가자고 주장한다. 하지만 다른 아이들은 이제 어떤 달라진 상태(무아지경)에 들어선 것 같다.

"미란다." 이디스는 다시 말했다. "나 너무 무서워! 우리 언제 돌아가?" 미란다는 이디스를 너무나 낯설게, 거의 그녀를 보고 있지 않은 것처럼 쳐다보고 있었다. 이디스가 같은 질문을 더 크게 반복하자 미란다는 그저 등을 돌려 산등성이를 향해 걷기 시작했고 다른 두 아이도 조금 뒤에서 따라갔다. 아니, 걷는다기보다—마치 소묘실 카펫 위를 걷는 것처럼 맨발로 돌들을 미끄러져 갔다.

미란다, 마리온과 얼마는 모노리스 뒤로 사라진다. 이디스는 비명을 지르며 바위산에서 달아난다. 그녀가 "울고 웃으며 옷은 갈기갈기 찢겨진 채" 소풍 지점으로 돌아올 무렵에는, 다른 학생들과 어느 지점에서 갈라졌는지 전혀 말할 수 없는 상태가 된다. 바위산을 샅샅이 뒤져보지만 세 학생도 맥크로우 선생도 발견되지 않는다(며칠 뒤, 이디스는 맥크로우 선생이 어째선지 속옷만 입은 채 바위 위에 앉은 모습을 본 기억이 난다고 주장한다). 이어진 며칠간의 초기 수색에서는 아무것도 발견되지 않는다. 그러나 며칠 뒤, 얼마가 옷은 찢겨지고 코르셋은 사라진 채 바위산에서 발견된다. 기억상실 상태에 빠진 얼마는 바위산에서 어떤 일이 벌어졌는지 전혀 설명하지 못한다. 소설의 이후 부분에서도 어떤 일이 벌어졌는지 전혀 알 수 없다. 결말부에서 학교는 행잉록에서의 사건들에 얽힌 추문 탓에 붕괴되고, 실종 사건은 미해결인 채로 남는다.

소설의 기이한 감각과 나란히―나는 기이한 감각 덕분이라고 생각하는데―존재하는 것은 '사실적 효과들'을 야기하는 능력이다. 완전한 허구임에도 불구하고 이 소설은, 비록 착오이긴 했지만, 실화를 바탕으로 했다고 광범위하게 믿어졌다. 이런 반응을 초래한 것은 린제이 자신이다. 그녀는 마치 사실을 담은 설명인 듯이 실제 지명들(실제 지형물인 행잉록을 포함하여)을 들어가며 소설을 썼다. 이 소설의 기교에는 사실주의적인 관습들을 이용하여 고전적인 동화―어린 여자들이 또 다른 세계로 납치되는―를 다시 쓰는 것이 포함되어 있다. 이 관습들 중 하나는 해당 사건에 정밀한 날짜를 부여하는 것이었다.

소설에 따르면, 세 여자 아이는 1900년 2월 14일에 실종되었다. 1900년은, 의미심장하게도 프로이트가 『꿈의 해석』에 발행일로 찍히길 원했던 해이다(이 날짜는 널리 알려졌듯 허구적인 날짜이다. 프로이트의 책은 사실 1899년에 출간되었지만 프로이트는 책에 보다 획기적인 날짜가 찍히길 원했다). 다만 『행잉록에서의 소풍』은 우리의 1900년에 일치하지는 않는데, 우리 달력에서 2월 14일은 토요일이 아니라 수요일이다.

그러나 사실이라는 착각이 야기되는 이유는 무엇보다 이 수수께끼에 해답이 없기 때문이다. 라캉이 언급한 화가 제욱시스와 파라시우스의 이야기는 우화를 제시한다. 제욱시스가 그린 포도송이들은 너무나 사실적이어서 새들이 쪼아 먹으려 했다. 반면에 파라시우스는 커튼을 그렸는데 제욱시스는 파라시우스에게 그 커튼을 젖혀 파라시우스의 그림을 보이라고 요청했다. 설명의 부재는 『행잉록에서의 소풍』을 파라시우스의 그림과 유사체로 만든다. 그 부재가 베일, 수수께끼가 되어 그 존재하지 않는 해답이야말로 커튼 뒤에 틀림없이 무언가 있으리라는 착각을 불러일으킨다.

이 소설은 으스스한 감각이 단순히 정보를 주지 않음으로써 야기되고 유지된다는 개념을 정당화하는 듯 보인다. 『행잉록에서의 소풍』의 경우, 이런 정당화 행위가 문자 그대로 벌어진다. 이 소설이 출간된 형태 자체가 삭제 행위의 결과였던 것이다. 원래 원고에서 린제이는 마지막 장에 이 수수께끼에 대한 일종의 해답을 제시했지만, 그녀의 편집자가 출간될 원고에서는 이 마무리 부분을 삭제하자고 부추겼다. 이 '18장'은 『행잉록의 비밀The Secret of Hanging Rock』로 별도 출판되었다.

기존의 18장이 소설의 '사실적 효과'를 다소 약화시키리라는 점에는 의심의 여지가 없다. 이 삭제된 장은 어조에 분명한 변화가 있다는 점이 특징이다. 소설의 초기 부분들에 해당하는 특색이었던 암시성—외부 세계라는, 일상 세계를 뛰어넘는 무엇에 대한 힌트들—은 이제 이례적인 경험에 대한 상당히 뚜렷한 설명에 그 자리를 내어준다. 18장은 대략 이디스가 달아난 시점에서 시작된다. 미란다, 마리온, 얼마는 모노리스에서 '내부에서부터 끌어당기는' 느낌을 받는다. 그들은 잠이 들고, 깨어났을 때는 그들을 둘러싼 환경들에 고조되고, 환각을 통해 유발된 듯 예민해지는 걸 느낀다. 그들보다 연상인 한 여자가 속옷만 입은 채 나타나고, 그녀는 그레타 맥크로우인 듯 하지만 소설에서 그녀는 이름이 없으며 다른 캐릭터들이 그녀를 알아보지도 못한다. 이 연상의 여자가 기절하자 미란다는 여자의 코르셋을 푼다. 이 일로 마리온이 모두 "이 멍청한 옷들을 벗어 버리자."고 제안하고—세 학생들은 그들의 코르셋을 벗어 바위산에서 던져 버린다.

● 프로이트는 억압되거나 망각된 기억이 전형적으로 꿈을 통해서 돌아온다고 했다. 이것이 '꿈 작업'으로, 이 꿈 작업에서 무의식을 작동시키는 핵심적 과정 중 하나가 여러 잠재적 사고와 심상이 단순한 형태로 나타나는 '압축'이다.

●● 주로 머물다는 뜻으로 쓰이는 이 단어에 유지, 보강이라는 의미에서 비롯된 코르셋이라는 의미도 있었다.

아마도 18장에서 가장 시선을 사로잡을 장면은 이 코르셋들이 바닥에 바로 떨어지지 않고 바위산 주변에서 대기 중에 둥둥 떠다니는 장면일 것이다. 시간이 멈추었나? 분명 우리는 이제 선형적인 시간을 넘어서 있다. 어쩌면 꿈의 시간인지도 모른다(『행잉록의 비밀』에 포함된 「18장에 대한 해설」이라는 에세이에서, 이본 루소는 코르셋들이 공중에 걸려 있는 이미지에 수반된 말장난—꿈 작업의 압축●—을 지적한다. 이는, '코르셋'의 다른 말이 '스테이stay●●'라는 사실에서 도출된다). "텅 빈 공간에 구멍"이 나타난다. "한여름 꽉 찬 보름달만 한 크기의 구멍이 오락가락했다. 그녀는 화가나 조각가가 구멍을 보듯이, 다른 형상들에 형태와 의미를 부여하는 그것 자체로서 그 구멍을 보았다. 부재가 아니라 존재로서…" 이 구멍이 사라진 후, 그들은 뱀 한 마리가 작은 구멍으로 기어가는 것을 본다. 연상의 여자가 자신은 그 뱀을 따라가겠다고 말하고, 어째선지 한 마리 게로 변신하여 그 작은 공간으로 지나간다. 신호를 받고 마리온이 따른다(이때는 다른 동물로의 변신이 언급되지도, 그녀가 어떻게 그 구멍에 자기 몸을 집어넣는지에 대한 설명도 없다). 미란다가 건너갈 차례가 되자 겁에 질린 얼마가 그녀에게 가지 말라고 애원하지만, 미란다는 얼마의 두려움과 망설임을 이해하지 못하고, 역시 그 구멍으로 들어간다. 얼마는 혼자 남아 기다린다. 가늠할 수 없는 시간이 지난 후, 바위가 굴러와 구멍을 막는다. 18장의 마지막 장면은 얼마가—아마도 이제 자신이 건너갈 수 없게 되리라 깨닫고—절망적으로 그 바위를 떼어내려는 장면이다.

소설의 발행본—18장이 없는 것—은 해답 없는 수수께끼만 남긴 것이 아니다. 소설의 장르가 무엇인지에 대한 질문도 남아 있다(극사실주의인가? 살인 미스터리? 판타지? SF?). 18장이 포함된다 해도 이 장르 문제를 정리할 수는 없겠지만, 가능성 일부를 배제할 수는 있을 것이다. 이를테면, 이 소설을 살인 미스터리라 볼 수는 없을 테다. 하지만 18장은 풀이만큼이나 많은 수수께끼도 제기한다. 바위산에서의 그 경험은 무엇이라 규정할 수 있는가? 그 경험을 문자 그대로 받아들일 수 있을까? 예를 들어, 그레타 맥크로우가 실제로 게로 변했다는 얘기를? 어떤 중독 상태의 결과로 이해해야 할까? (이런 경우라면, 이 사건들은 일종의 사실주의적인 읽기를 회복할 수도 있다) 이 여자들이 어떤 통로를 통해 외부 세계로 넘어갔다는 암시는 『행잉록에서의 소풍』을 기이한 이야기로 읽게 하며, 18장의 삽입은 소설을 기이한 것과 으스스한 것 사이의 어느 공간에 위치시킨다. 분명한 것은 18장은 소설이 제기한 퍼즐에 결코 간결한 종류의 해답을 제시하지 않는다는 것이다. 이본 루소가 썼듯, "조앤 린제이의 본래 의도는 마침내 밝혀진다. 그러나 그녀의 의도는 미스터리를 해결하지 않는 것이었다. 그리하여 『행잉록에서의 소풍』의 지형도는 명확해지지만, 으스스함은 남는다."

으스스함은 부분적으로 이 바위산에서의 경험을 맴도는 정서적 분위기의 문제이다. 저스틴 바턴은 이 분위기를 '솔라 트랜스'라 명명했으며, 이는 일종의 확고한 운명론에서 분명해진다. 초기에, 이런 운명론은 외견상 부재를 표명한다(무언가 있어야 하는 곳에 아무것도 없다). 바위산의 영향력에 지배될 때 캐릭터들은 자신들의 열정에서 벗어난 듯 보인다. 그러나 두려움을 포함해서 이런 감정들은 일상적인 세계의 전유물이다.

결과적으로 얼마가 건너갈 수 없었던 것은 바로 얼마의 두려움, 이런 일상적인 열정들을 버릴 수 없었던 탓이다(얼마에 대한 마지막 묘사에서 린제이는 얼마의 자수 실력을 언급한다). 얼마는 코르셋을 벗어던지는 행위에서 약속되었던 바를 간파하지 못한다. 그러나 마리온과 미란다는 미지의 세계로 나아갈 준비가 완벽하게 되어 있다. 그들은 익숙한 감정들이 무기력화될 때마다 찾아드는 으스스한 고요함에 사로잡힌다. 그들은 사라졌으며, 그들의 실종은 잊을 수 없는 공백, 외부 세계에 대한 으스스한 암시를 남길 것이다.

[끝]

| 참고문헌 |

※ 국내 번역 출간작은 한글로, 미출간작은 영문으로 표기하였습니다.

 도서

대프니 듀 모리에, 이상원 역, 『대프니 듀 모리에』, 현대문학, 2014

뤼스 이리가레, 심하은, 황주영 역, 『반사경: 타자인 여성에 대하여』, 꿈꾼문고, 2021

리처드 매드슨, 조영학 역, 『줄어드는 남자』, 황금가지, 2007

마거릿 애트우드, 차은정 역, 『인간 종말 리포트』, 민음사, 2008

마이클 무어콕, 최용준 역, 『이 사람을 보라』, 시공사, 2013

몬터규 로즈 제임스, 조호근 역, 『몬터규 로즈 제임스』, 현대문학, 2014

미헬 파버르, 안종설 역, 『언더 더 스킨』, 문학수첩, 2014

스타니스와프 렘, 김상훈 역, 『솔라리스』, 오멜라스, 2008

스티븐 킹, 이나경 역, 『샤이닝』, 황금가지, 2003

슬라보예 지젝, 이수련 역, 『이데올로기의 숭고한 대상』, 새물결, 2013

아르카디 & 보리스 스트루가츠키, 『노변의 피크닉』, 현대문학, 2007

알프레드 자리, 박형섭 역, 『위뷔 왕』, 동문선, 2003(절판)

에드거 앨런 포, 김정아 역, 『붉은 죽음의 가면』, 생각의나무, 2007

지크문트 프로이트, 김석희 역, 『문명 속의 불만』, 열린책들, 2004

지크문트 프로이트, 강영계 역, 『쾌락 원리의 저편』, 지만지, 2009

지크문트 프로이트, 김인순 역, 『꿈의 해석』, 열린책들, 2004

크리스토퍼 프리스트, 김상훈 역, 『매혹』, 열린책들, 2006

팀 파워스, 이동현 역, 『아누비스의 문』, 웅진지식하우스, 2007

프레드릭 제임슨, 임경규 역, 『포스트 모더니즘, 혹은 후기자본주의 문화 논리』, 문학과지성사, 2022

필립 K. 딕, 조호근 역, 『진흙발의 오르페우스』, 현대문학, 2017

필립 톰슨, 김영무 역, 『그로테스크』, 서울대학교출판부, 1987

H. P. 러브크래프트, 정진영, 류지선 역, 『러브크래프트 전집 1~7』, 황금가지, 2015

J. G. 밸러드, 공보경 역, 『물에 잠긴 세계』, 문학수첩, 2016

Alan Garner, 『Elidor』, HarperCollins, 2014

Alan Garner, 『Red Shift』, HarperCollins, 2014

Alan Garner, 『The Owl Service』, HarperCollins, 2014

Ben Woodward, 『Slime Dynamics』, Zero Books, 2012

Brian McHale, 『Postmodernist Fiction』, Routledge, 1987

CCRU, "The Templeton Episode"(www.ccru.net/digithype/templeton.htm)

Charles Butler, "Alan Garner's Red Shift and the Shifting Ballad of 'Tam Lin'", 『Children's Literature Association Quarterly』, Summer 2001

Christopher Priest, 『The Affirmation』, Gollancz, 2011

Daniel F. Galouye, 『Simulacron-3』, Gollancz, 2011

David Sheppard, 『On Some Faraway Beach: The Life and Times of Brian Eno』, 2015

D. M. Thomas, 『The White Hotel』, W&N, 2004

Douglas Hofstadter, 『I Am a Strange Loop』, Basic Books, 2008

Gilles Deleuze & Felix Guattari, 「Anti-Oedipus」, Bloomsbury, 2013

Gilles Deleuze & Felix Guattari, 「A Thousand Plateaus」, Bloomsbury, 2013

Graham Harman, 「Weird Realism: Lovecraft and Philosophy」, Zero Books, 2012

Greil Marcus, 「Lipstick Traces: A Secret History of the Twentieth Century」, Faber & Faber, 2011

H. G. Wells, 「The Door in the Wall」, 「The Door in the Wall and Other Stories」, Createspace, 2015

Jacques Lacan, 「The Four Fundamental Concepts of Psycho-Analysis」, Karnac Books, 2004

Jeff Nuttall, 「Bomb Culture」, HarperCollins, 1968

Joan Lindsay, 「Picnic at Hanging Rock」, Vintage Classics, 2013

Joan Lindsay, 「The Secret of Hanging Rock」, Vintage Classics, 2013

Jorge Luis Borges, 「Pierre Menard, Author of the Quixote」, 「Labyrinths: Selected Stories and Other Writings」, Penguin, 2000

Justin Barton, 「Hidden Valleys: Haunted by the Future」, Zero Books, 2015

Maurice Lévy, 「Lovecraft: A Study in the Fantastic」, Wayne State University Press, 1988

Michel Houellebecq, 「H. P. Lovecraft: Against the World, Against Life」, Gollancz, 2008

Reza Negarestani, 「Cyclonopedia: Complicity with Anonymous Materials」, re.press

Patrick Parrinder, 「James Joyce」, Cambridge University Press, 2008

Roger Luckhurst, 「The Shining」, BFI, 2013

Rudolph Otto, 『The Idea of the Holy』, Oxford University Press, 1958

William S. Burroughs, 『The Western Lands』, Penguin Modern Classics, 2012

(음악)

니코, 〈The Marble Index〉, 1968

더 폴, 〈Grotesque (After the Gramme)〉, 1980

더 폴, 〈Hex Enduction Hour〉, 1982

마일스 데이비스, 〈Bitches Brew〉, 1970

브라이언 이노, 〈Ambient 4: On Land〉, 1982

조르쥐 리게티, 〈Requiem for Soprano, Mezzo-Soprano, 2 Mixed Choirs and Orchestra〉, 1963

조르쥐 리게티, 〈Lontano〉, 1967

조이 디비전, 〈Unknown Pleasures〉, 1979

존 마틴, 〈Solid Air〉, 1973

존 마틴, 〈One World〉, 1977

튜브웨이 아미, 〈Replicas〉, 1979

(영화)

〈2001 스페이스 오디세이〉, 스탠리 큐브릭 감독, 1968

〈나는 기억한다〉, 페데리코 펠리니 감독, 1973

〈매트릭스〉, 워쇼스키 형제 감독, 1999

〈멀홀랜드 드라이브〉, 데이비드 린치 감독, 2001

〈미지와의 조우〉, 스티븐 스필버그 감독, 1977

〈블루 벨벳〉, 데이비드 린치 감독, 1986

〈사악한 남자〉, 로빈 하디 감독, 1973

〈살아 있는 시체들의 밤〉, 조지 로메로 감독, 1968

〈샤이닝〉, 스탠리 큐브릭 감독, 1980

〈새〉, 알프레드 히치콕 감독, 1963

〈솔라리스〉, 안드레이 타르코프스키 감독, 1972

〈스타 워즈〉, 조지 루카스 감독, 1977

〈언더 더 스킨〉, 조너선 글레이저 감독, 2013

〈와이어 위의 세상〉, 라이너 베르너 파스빈더 감독, 1973

〈우주의 침입자〉, 필립 카우프만 감독, 1978

〈인랜드 엠파이어〉, 데이비드 린치 감독, 2006

〈인셉션〉, 크리스토퍼 놀란 감독, 2010

〈인터스텔라〉, 크리스토퍼 놀란 감독, 2014

〈잠입자〉, 안드레이 타르코프스키 감독, 1978

〈지구로 떨어진 사나이〉, 니컬러스 뢰그 감독, 1976

〈쳐다보지 마〉, 니컬러스 뢰그 감독, 1973

〈쿼터매스와 구덩이〉, 로이 워드 베이커 감독, 1967

〈쿼터매스 익스페리먼트〉, 발 게스트 감독, 1955

〈행잉록에서의 소풍〉, 피터 위어 감독, 1975

〈혹성 탈출〉, 프랭클린 J. 샤프너 감독, 1968

(TV 드라마)

〈돌로 된 테이프〉, BBC 프로덕션, 1972

〈돌의 아이들〉, ITV 프로덕션, 1976

〈불어라, 그러면 내가 너에게 가리라〉, BBC 프로덕션, 1968

〈불어라, 그러면 내가 너에게 가리라〉, BBC 프로덕션, 2010

〈쿼터매스〉, 유스턴 영화 제작사, 1979

〈쿼터매스 II〉, BBC 프로덕션, 1955

〈쿼터매스와 구덩이〉, BBC 프로덕션, 1958~1959

〈쿼터매스 익스페리먼트〉, BBC 프로덕션, 1953

〈트윈 픽스〉, 1990~1991

기이한 것과 으스스한 것

1판 1쇄 발행 2019년 6월 28일
2판 1쇄 발행 2023년 7월 31일
2판 2쇄 발행 2024년 7월 15일

지은이 마크 피셔
옮긴이 안현주

발행인 김자아
디자인 풀밭의 여치

펴낸곳 구픽
출판등록 2015년 7월 1일 제2015-27호
주소 서울시 광진구 동일로 459, 1102호
전화 02-491-0121
팩스 02-6919-1351
이메일 guzma@naver.com
홈페이지 www.gufic.co.kr

ISBN 979-11-87886-97-6 03800